Gonzalo Rojas

ゴンサロ・ロハス詩集

（アンソロジー）

Antología Poética

グレゴリー・サンブラーノ＝編
寺尾隆吉＝訳

現代企画室

ゴンサロ・ロハス詩集（アンソロジー）

グレゴリー・サンブラーノ＝編
寺尾隆吉＝訳

セルバンテス賞コレクション 15
企画・監修＝寺尾隆吉＋稲本健二
協力＝チリ外務省文化局

Antología Poética
by Gonzalo Rojas

Selección y prólogo por Gregory Zambrano
Traducción por Ryukichi Terao

Con el patrocinio de la Dirección de Asuntos Culturales
del Ministerio de Relaciones Exteriores de Chile.

目次

第一部　言葉と詩

暇な読者

あなたにはお伝えしよう、近頃ではすべてが傷なのだ。娘は
傷、その美の
香りも傷、大きな黒鳥も、呻き声を上げ、
輝く鏡の光に織り込まれた現実と非現実、その接近も
傷、七、三、すべて、ダンス・ステップの数は
どれも傷、マイモニデスが
舵を取る魔法の小舟も傷、母との
絆を失ったあの十二月二十日も傷、太陽も
傷、精神分析という
火で原形の失せたチュニックを着て乞食の間に鎮座する我らが神も傷、ドン・キホーテも
傷、湾から
高い岩へ吹きつける強風も
傷、法則に
穴を開ける蛇、海

また海、キルケゴール
またキルケゴール、ドリル
これもまた傷。その
美しい盃を満たす受胎また受胎も
傷、いつも
同じめざとい魚がいつもじっと眠る河、古くから姿の変わらぬ怠惰な
あの河も
傷、私の
幼い脳の小皺に焼き付けられた詩も傷、王の
ちょうど一メートル六十七センチの空白も傷、雪で
出来たこの美しい思いに包まれながら一人こうして話しているのも
傷、カーネーションの
下に父を納めた大理石の日付が
蒸発するのも
傷、塵の
河のように長く、長く連なる派手な行列、

北京の
古き茶太通りにぶら下がっていた仮面、
二千五百年の長きにわたって笑顔の棺と薬を商っていた、その事実に
疑いの余地はないあの地区も
傷、結局
あそこで買ったベッドも航海用の一対の鏡も
傷、
「誰でも
ない」、銀河から吹きつけるこの言葉の悪用も傷、ウラル
山脈の前と後の世界も
傷、再生なき
このビジョンに思い至ることもなく並んだ線も
傷。だから
あなたにはお伝えしよう、近頃ではすべてが傷なのだ。

フリオ・フェルモソに

大仕事について

夢と田舎への嗜好、文学的なものより初歩的なものへ
私を惹きつけるこの動物的結合、それが私の強み。私を
支える波の力の源は、周知のごとく、低いところ、あの
　小さな
レブと呼ばれる片隅、ダイヤモンドの親戚たる石炭に恵まれたあの町。
自分でも自分の耳鳴りの意味がわからず、詩人を輩出する血筋に生まれたわけでも
ないが、それでも迷宮の血筋や、地質の血筋には
思い入れがあり、石も大好き。こんな譫言やくどい言葉を
許してほしい、いつもどおり私は、風に身を任せ、すべては
　風任せ。
バジェホから面影を授かり、調子を見出すことが
　できた。
ウイドブロから授かったのは、くつろぎだろうか。ネルーダからは息遣い、
彼はホイットマンとボードレールからこれを学んだようだが、

私は
窒息しそうになって自分の息遣いを学んだ。おや、ボルヘス《ヴォワラ》から授かったのは、
ダビンチの言った「飽くなき厳密さ《オスティナト・リゴーレ》」、そして眠れぬ夜、絶えず成長していれば
急がずとも
辿り着く眠れぬ夜。青虫のような私は、いつもグズで、
「うんざり」という言葉では表現しきれぬほど、書きたいと焦り、
そしてどうやら、成功への焦りにうんざりしている。すべてが新しすぎる。
つまり、驚きから詩を書く者にとって、すべては新しいのだ。

沈黙へ

ああ声、たった一つの声よ、海の窪みすべて、
海の窪みすべてをもってしてもまだ足らない、
空の窪みすべて、
美の凹みすべてをもってしても、
君を抑えることはできない、
たとえ人が黙り、この世界が沈んだとしても、
ああ、崇高なお前はいつも
いつもあちこち顔を出すことだろう、
たった一つの声よ、お前には存在も時間もあり余り、
そこにいるようでいない、まさに私の神、
私が闇に包まれるとき、お前は父も同然だ。

バジェホに

バジェホが「まだ」と言ったとき、すでにすべては書かれていた。
そして彼は、強勢法の老いたコンドルからこの羽を
引き抜いた。時はまだ、
薔薇もまだ、仮に夏が過ぎ、あらゆる夏の
星が過ぎ去ったとしても、人間もまだ。

何も起こりはしなかった。だが、ペルー語で、そして
石のなかの石でセサルと呼ばれた男が、美しい酸素の
頂点を極めた。血まみれの根に追い回されて日々彼は明晰になり、少しずつ
干上がっていった。パリですら、彼の骨と苦しみを救えなかった。

彼ほど、起源の生々しい髄へ深く入り込んだ者もいなければ、
我々がアメリカと呼ぶ音楽に長けた者もいなかった。
空っぽの手のなかで

波に飲まれゆく我らの命運を見つめた彼は
もっぱら暗い石から生命を作り出した。

バジェホに痛みを見出すか、喜びを見出すか、それは人次第。

私が

彼の心を思って泣いたパリでもなく、高度一万メートル上空で、
気儘に雪に刻みつけられた彼の顔がいかなるものかわかったような気にさせてくれた
あの暴力的な雲でもなく、ここ、
危険な棘を吸い込むここでこそ確信できる。
やがて彼は降り立って、私に「まだ」と告げるだろう。

パウンドの真似はやめよ

パウンドの真似はやめよ、素晴らしく物真似に長けたエズラの真似は
やめよ、彼にはペルシャ語で、カイロアラム語で、サンスクリットでミサを書かせておけ、
彼は、生半可な中国語も、辞書の透けて見える
ギリシア語も、落ち葉のラテン語も、放埓で
輪郭の消えかかった地中海も、唯一絶対の偉大なるパリンプセストへ
手探りで辿り着くためだけに何度も何度もやり直す九十歳の老人技も備えている。
ばらばらの断片から彼を評価してはならぬ、原子を集め、
可視から不可視へと、泡沫の縦糸と不動の綱で
縫い合わせねばならぬ。そっとしておけばいい、
彼には何度も繰り返し見るための盲目がある、見る、まさにこの動詞、
それが彼の精神、未完成、
灼熱、真に男と
女から生まれた「人の子」であるならば、我々が真に愛し
真に我々を愛するもの、名づけ得ぬものの底にある無限の数。

ロゴスのない言葉、
ヒステリーを操る半神たちよ、唯一無二の才能を備えた
弟子たちよ、太陽から影を盗むのは
やめよ、発芽のように、閉じると同時に開く聖歌に
思いを馳せよ、空気となれ、
いつも危険を冒していた老エズのような空気人間となれ、大胆に
母音から星へと跳べ、可能なかぎり
あらゆるスピードで矛盾のアーチをかけ、空気、また空気、
今日、永遠に、自転の
同時的、瞬間的爆発の
赤紫、その前も
後も。この瞬きする世界は血を流し、
致命的な軸を離れて飛び出すことだろう、さらば、光と大理石の
肥沃な伝統よ、傲慢よ、エズラと彼の皺を
笑ってやれ、今から当時へと笑ってやれ、だが強奪はするな、笑え、塵のごとく
行き来するふらついた世代よ、繁茂する

文人たちよ、笑え、パウンドを笑え、
彼の言葉から出てきた
別物の通知のようにバベルの塔を背負った彼を笑え、
　　　　　　　　　　　　　　　　聖歌
信仰の薄い男たちよ、聖歌のことを思え。

コンサート

みんなで書いた世紀の本、ランボーが
母音の唸りに色をつけ、キリストが
その時砂に書いたものが
何か誰も知らなかった！　ロートレアモンが
長々と吠え、カフカが
手稿を積み上げた山のごとく燃え盛った。**火の**
ものは火へ、バジェホが
息絶え、崖は、
蛍だらけの老子のように
バジェホだらけ。他の者たちは
透明。シェイクスピアが
十万の蝶で劇を
開演。今独り言を呟きながら庭を通り過ぎた
男、あれは天使たちと漢字について議論する

パウンドだった、チャップリンが
ニーチェの映画を撮り、スペインからは
天空を駆けるサン・ファンが、暗い夜を携えて
やってきた、ゴヤ、
ピエロの格好をした
ピカソ、アレクサンドリアの
カヴァフィス。他の者たちは
ヘラクレイトスのように、日向に寝そべって深淵から
鼾をかき、サド、バタイユ、ブルトンも同じ、スウェーデンボリ、アルトー、
ヘルダーリンが、コンサートの前に
悲しげな顔で観客に挨拶する。

ツェランが

そんな時間に
ガラスの破片で
血を流して何をしていたのだろう?

ウイドブロへの手紙

1　二十一世紀への不信、いずれにせよ何か起こるだろう、
また人間が死に、誰も知らぬうちに
何かが生まれ、敏捷な題材を
扱う別の物理学が、地球の磁極をもっと近くしてくれるだろう、
目はさらに驚異を深め、旅自体が精神的飛翔と
なるだろう、季節は失われ、例えば夏の
鍵を開けるだけで日光浴が
可能になり、娘たちは
その九か月間、銀河の恩恵を受けてずっと美しさを
保ち、世界より古いカラマツの成長に助けられて、
産後もさらに九か月間
美しいままでいられるだろう、そして
揺れ動く潮が颯爽と別の
期間、もっと血なまぐさい別のリズムを踊るだろう、そのコントルダンスに

男は一気に自分の腐葉土へ入り込み、もっと
卑屈に、もっと
世俗的になることだろう。

2

ああ、予言不可能な別問題、少しずつ現実世界の
機械は古ぼけ、薬も、
貧相な映画も、時代遅れの新聞も、
——消散と轟音——恥ずべき拍手を受ける商人も消え去ることだろう、その
すべてが
創造の賭けに
すべては古ぼけ、目は
再び目となり、絶えざる発見に
鼻は再び永遠のエーテルとなり、姦淫が
我々を自由にしてくれるだろう、ダリオが
言ったように、英語で考えることもなく、再び
ギリシア人の著作を読み、エトルリア語が

世界のあらゆる岸辺で話されることになるだろう、西暦二〇三〇年代には
すべての大陸が一つになって
南極までが、トルコ石の蝶を引きつれて我々を
魅了し、その下で
七つの列車が考えられない高速であらゆる方向へ走り去ることだろう。

3

見渡すかぎり、イエスキリストは当面現れることも
ないだろう、透明な
アルミの鳥が飛行機に取って代わり、二十一世紀の
終わりごろには即興が主流になるだろう、引っ越しを
見ることもなくなるだろう、我々親たちは、
死すべき命を与えてくれた
母たちとともに塵のなかで眠る、そこから
永続しよう、太陽を止めよう、
——神と同じく——突如存在しよう、そんな計画を祝福するのだろう。

中毒遊び

中毒言葉で遊んでみると、私はアルコール中毒ではなかったし、
姦淫中毒でもなければ、薬中毒、ニコチン中毒でもなかったが、
とりわけ読書中毒、
それもどうやらボルヘス中毒、
夜明けまでの読書中毒、
それも体系的で
混沌的な中毒症だった。すべては明白、
十一行詩の
哀れな音楽中毒。オルフェウス的
でもなければ
現世的でもない。

空気のパネル

考えてみよう、想像力は、当然ながら作り事で
しかない、地球と呼ばれるこの
大きな空気の家は作り事でしかない、割れやすく、塩気を含み、
我々に似せて作られたこの鏡が、もっと
遠ざかって作り事の
作り事になってしまう、すでに亡くなった
神聖なる我が母は、アヤメに囲まれた作り事でしかない、
大海を巡る水、
美しく深き源より流れ出る水も作り事でしかない、
綱よりも首を締めつける呼吸は
作り事、映画も映画スターも、音楽も、
勇気も殉教も、革命も
作り事、私が詩を書く
この空気のパネルも作り事でしかない、

パネルがひとりでにこのすべての言葉を書いたのだ。

大仕事

何か国語も同時に話す透明な
木があり、星のような
重々しい調子で空気と
対話する代数的な木もあれば、馬のように
嘶く木もある
　　　　　　　　　　　　　　　　そんな
気狂いのなかには信じられないほどのろくでなしがいて
そいつらには、霧の
和音で十分。

夜には、目に映るものを描き、創世記の性と
異なる性で別の空間を母量化し、
神聖化する、そして、歌と
絵で同時に、創造の仕事ではなく、

驚きの前の沈黙という
古くからの仕事に

従事する。出産とともに我らが
失った一万にものぼる感覚を頼りに、
樹木動物的な
たった一つの蘇った体の
糸に、雌雄同体の
網を結わえる。

そして

我らはもう一つの太陽となる。

音節

そして、書くときは書いているものを見るな、太陽のことを考えよ、
太陽は燃え盛り、何も見ることなく、サファイアの水で世界を
舐めて、存在が存在できるよう、そして
我々が驚きとともに眠れるようにしてくれる、
驚きがなければ流れを受け止めるパネルもない、思考も
溌剌とした娘たちの魅力も
ない、ランの太古に遡るそんなものから
流れ出た音節は、音楽よりも多く、そして、出産よりもはるかに多くを
知っている。

言葉

空気、空気、空気、
空気、
新しい空気。

吸い込む空気ではなく
体に取り込む空気

時々誰なのか考える

時々誰なのか考える、私の青春時代をしわがれた声で生きているのが誰なのか、
軽々とした放浪の心で同じ棘に耐え、
おぞましい通りの波を泳ぎ、一銭の金もなく、
遠く、より柔軟に生きているのは誰なのか。眩い夜をこめかみにたたえ、
美しい「まだ」の香りを手にとどめながら。

どこを歩いているのだろう、彼の勇気はどんなパネルで眠るのだろう、
どんなスープを貪るのだろう、どんな秘密があって
若干二十歳にして荒々しいページを焔のうちに切るのだろう。
その手がやはり何かを書いているのならば、悪魔にとりつかれたその男も
同じ過ちを犯し、過ちから学ぶことだろう。

題材は我が母

私はマッチとともにある。体に光が宿る。
題材は我が母。
私は黒い噛み跡を残して燃え盛る鳥、
処女の乳首に巣をかけ、
そこから天の川のように湧き出て、
たった一つの思い、その暗い黒点、
その動きを照らす題材に
目を止める

そんな涸れた乳首にすがりつくようにして今日
私のはかない本性が生きている、
言葉が光を当てる
プロセスを通じて
炭に地脈を探し、

薄闇に盲目なダイヤモンドを求める。
死んだようにしか見えない擦り切れた苔を
豚のように私は糧にする。

印のついたカードのように遊び道具となったその胸、
錯乱するまで何度も遊び道具となったその胸を
うんざりするまで頬張り、そこに自分の姿を見出す、
存在する前の自分、洪水に苦しむ前に
苦しむ自分の姿。

テイリエルとの協定

1
偉大なるララ人の身に起こっていたのは、渇きで死にそうな状態で生まれ、
決して満ち足りることがなかったということ、
死にかかっても渇きを満たせず、月曜日にバルパライソで
崖を転げ落ちて、それでも
満たせず、
少なくなっていた最後のカラマツの間で最期まで
酒と魔法に溢れていた——私
だってカラマツ、本当に！——このホルヘ・テイリエルの身に
起こったのは死んだということ。

2
そして私は誰もいないここで、彼に見捨てられてさまよい、プエルタ・デル・ソルの
メリーゴーランド、人ごみのなかでも
空っぽ、過ちを
誤り、泣き歩く

涙も流さず男らしく泣くように——背景に
アラウコの悲しみ——マドリッドの
嘘つき場から一メートル、そこから
アレナル通りを下って、ケベード通りへ信号を渡る
そういえばケベードは、敗者の波乱について
それなりに知っている、栄光に燃えた髄について
それなり、それなりに知っている

3　ああ、恋する塵、この狂人は
少年時代のようなアルコールの永遠に
すでに到達したことだろう、登場と途上で
王国の王だったラウタロの土砂降りの
雨の下ですでにまた仔羊の血を
飲んだことだろう、リンが
すでに杯を満たしたことだろう、エセーニンが
自分自身に厳しかったあの男に高い扉を

すでに開けてやったことだろう、ここに
機を逸してサインできなかった協定を残す、イサドラの
踊りを残す、キス、
ここにいないマファルダのあけすけな笑い、瞬間
の形象
から世界は垂れ下がる

アルコールと音節

最初の言葉は「開けてくれ」、私は寒冷地の
出身、強調する必要もないまま
燃えられるよう、書き言葉をくれ、今日
夢遊病の段の限界で、ちょうど
二十六回目の死との競走

時間は半透明な中身とともに
そこにある、先を読むこの空気が
私の静脈を昇り、私は
こんなふうに飛んだりする私でもなければ、弓を射る動物となって、
通りやアルコールとともに音節を散歩したりする私でもない。

十二月最悪のシンタックスで狂人の誕生日を
祝い、前もって

鏡のない枠ですべてを見て、愛
と眩暈、同時に
様々な場所にいること
神はいるのか？
コップが割れるところに、それとも、世界のほうが
破裂するのか？

決して老いることのないよう若い詩人に宛てた手紙

七度繰り返しなさい、治療の
鼠など存在しない、でも癒えるだろう、繰り返し、繰り返しなさい、
沼から鳩が飛び出してくるまで、
魔法のようにロートレアモンが
笑いながら、傘も
手術台も持たずに現れるまで、偶然など
馬鹿げたこと！　遊びは別物
どれかはわからない、痙攣的な
美などないし、妖精など
いるはずもない、
コンピューターなど論外、賭けは
別物、あなた
自身が、王のハムレット的な靴を履いたミューズ、
猿芝居の to be や not to be を内側から

語る者など誰もいない、時が
破裂する時から誰の前に
立っているわけでもない、だから、繰り返しなさい、
繰り返しなさい、治療の
鼠など存在しない、みんなペストを運んでくるのだ。

ラテン語とジャズ

同じ空気のもとでカトゥルスを読み、ルーイー・アームストロングに耳を傾け、天から
降ってきたような即興にまた耳を傾ける、ローマの威厳ある
ラテン語で天使が舞い、すでに時間を失ったコードで
ゆっくりした、完全に自由なトランペットが流れる、動脈と花びらの
唸りのなかで、この椅子から、この板テーブルから、そして、
音節の突風を結わえるこの偶然の瞬間の
私と私の体という題材から流れ出る波の
激流に私は流される。

出産、響きの開き、運動
の輝き、感覚のサークルが狂い、生贄の血
のどぎつい突然の香り。ローマ
とアフリカ、豊満と鞭、怠惰
の魅力と櫂のほろ苦い衝突、帝国

の熱狂と逆境、予言か
死喘鳴か。これがジャズ、
崖崩れの前の
エクスタシー、アームストロング、これがエクスタシー、
我がカトゥルスよ、
タナトスよ！

本当に愛するものを奪われることはない

惨めな散文で綴った詩論

あの嵐のようなレブで、少年時代の風を受けて私は走り、「稲妻」という言葉をはっきりと聞く。――「稲妻、稲妻」そして私はその言葉とともに空を飛び、今でもその内側で燃えている。言葉に触れ、嗅ぎ、口づけし、発見し、六歳、七歳で自分のものとする。家の中庭で生き生きと輝く石炭の鉱脈と同じくらい私のもの。一九二五年のことで、まだ読み書きも覚束ない。遅い、大変遅い。音節表の河であっという間の三か月。だが言葉は燃え盛る。あらゆる意味を超えた音とともに輝き、特別な重さとともに言葉が立ち現れてくる。その時、あの遊びの内側で、物事の長い繋がり、その暗い発芽から啓示を受けた、そう考えてもいいのだろうか？

第二部　欲望と愛

青春を失った私

女郎屋で青春を失っても、
一瞬たりとも君を
失うことはなかった、我が獣よ、
快楽の機械よ、踊り狂っていた
我が哀れな恋人よ

君と寝て、
怒りで君の乳首を噛み、
毎晩君の香水に溺れていた、
そして曙光とともに
嵐に晒された岩のように硬くなった
寝室の潮流のなかで眠る君を見つめていた。

君を愛した者は皆、

波のように君のもとを訪れた。君の
聖なる体とともに眠った。
快楽によって、君の腹から産み落とされて
誰もが生まれ変わった。

女郎屋で青春を失っても、
鏡の光を浴びながら君にキスできるのなら
魂を捧げてもかまわない、
肉と煙草とワインの
墓場のようなあの大きな部屋で。

娘たちのなかでも一際美しかった君は、
僕の貧困という雲の
上に君臨していた。

君の目から迸る

緑と青の光。君の
心は唇へ流れ出し、
体中で、そして美しい両脚で
長々と鼓動し、
君の深い口の井戸に滴を垂らす。

酒場の後で、
梯子を探り、
新たな一日の光を呪い、
二十歳の悪魔となって、
広間へ入っていたあの黒い朝。

他の娘たちに囲まれたまま
黙った君を見ていると、血の凍るような思いをした、
楽器、椅子、フラシ天の絨毯、
鏡、虚しく君の美しさを真似るものの

すべてが黙り込んでいた。

売春婦のコーラスが
跪いて君のために祈り、おお、美しい
我が快楽の焔、十本の蝋燭が
泣き声で犠牲の栄誉を称え、
裸で君が僕のために
踊ったあの場所には、死の
臭いが立ち込めていた。

あれ以来十分に満足させてくれた相手はいない、
僕は次第に昇り、君の体の
暗い欲望に貪られた、
仰向けに横たわった君の姿を見て、
熱のなかで僕は冷たくなった、
そして君を失って、二度と君から

生まれることはできなかった、
恐ろしく一人ぼっちで下り立って、自分の
頭を探して世界を歩き回ることしかできなくなった。

救い

死に打ちのめされた恋人を思って
泣いていた君に恋をした、
君は恐怖の星のように
世界を照らしていた。

ああ、木々の下であの夜を失ったことを
今どれほど悔いていることか、
靄に包まれた海の音が聞こえていた、
そして君は嵐の下で、電気を
帯びたように泣いていた、ああ、君の顔、
君の声、君の指だけで満足したことを
今どれほど悔いていることか、
君を刺激できなかったこと、君の手を
取って君を自分のものにできなかったことを、

ああ、君にキスしなかったことを
今どれほど悔いていることか。

君の青い目以上の何か、君の
シナモン色の肌以上の何か、
死者に呼び掛ける、君の
かすれた声以上の何か、君の心の
不吉な光以上の何か、
その何かが僕の内側で形になり、動物のように
歯で僕の背中を齧る。

田舎娘でも相手にするように、
花に囲まれた君に噛みつくのは簡単だったことだろう、
君の項に、耳にキスするのも、
君の傷の
奥底に僕の刻印を残すのも。

でも僕は繊細で、
僕のオブセッションとなったのは
破れた衣装、
束の間の情熱を追い求めて、
疲れるまで走りに走った両脚、死を
免れた若者たちの
汗、そんなものにも遠く及ばない。

ああ、終わりのない穴、そこから果てしない
海が出入りし、
ああ、恐ろしい欲望のせいで僕は、
あらゆる女の衣装の後ろに、
淫らな喪中娘の臭いを嗅ぎつけてしまう。

なぜ残酷になれなかったのか、なぜ君を

死者の吐き出す濁った邪悪な空気から救ってしまっただろう？
あの嵐の闇夜、
なぜ男らしく君を孕ませてしまわなかったのだろう？

誤植

判事の皆様、婚礼の車でその女を
お返しいたします、
私の理想ではありません、魅力に
乏しく、萎れて下がった
髪ばかりで、美しい子供など
生むべくもない
同種の女たちに触れて穢れた
様々な手にすでに弄ばれたことが
明らかな乳房をご覧あれ、誤植は
宿命の滴、私のシーツで過ごした
あの二晩の卑しさ、恥辱の
色に染まった二枚のシーツもご覧あれ、最後に
白いバラを三、四本同封します、

死の

臭いと区別するためだけにでも、
ガラスの花瓶に活けてください。お伝え願いたいのは
あの歪んだ糸を紡いだのは、
ゼウスだったのか、運命の女神だったのか。署名
カリマコス

ケベードの枕

近くに君の僕の死が見える、近くに君の声が聞こえる、
危急の板の間から、君を探り
雄鶏とともに君の匂いを嗅ぎ、船出の
ための肋材と綱、神経質な
僕の近くで僕に羽ばたきかけ、裸で
僕の頭脳を巡り、
王のいない
王国の実権を手に
僕は刺々しく、この
意味ある針金の
見世物全体と同様
醜く、
　　　　　　　　　　　　　　振り子の
構造

あの恐怖のトレモロとともに夜明け、
飛び立つため肉体が老いねばならぬとは
醜いこと、牛
サファイアの空洞の地下墓地、あんなに
高く遠いところで
敗者をどうすればいい？　カラマツを
住ませるために別の棒の家がいるのか、大理石の
住居か、アルミか、あるいは、シーツに
目を光らせてきれいに眠る
ための機械に匹敵する機会は
ないのか、驚異は
明晰でないのか？

後頭部のキジバト、君の習慣、僕の息を
吸われても辛くはないし、空気を

奪われても苦しくはない、君の囁きが好きだ、
数字を要求することも、時間を要求することも、こんなに
近くで僕から僕を行き来しても

欲情する女の謎

不完全な娘が不完全な三十二の
男を求め、オヴィディウスを読むよう
命じ、そして捧げたのは、a）二つの鳩胸、
b）キスのための
彼女の軽い肌すべて、c）嵐の
苦境を挑発するための
緑の視線。

家並には向かわず
電話もなく、思考による
磁化を受け入れる。ヴィーナスではない、
ヴィーナスのように貪欲なだけだ。

テレサ

ギャロップで君の皮全体から臭いを嗅ぎながら
私は君に荒れ狂った、これが
骨組の香りすべて、引きつった
三角形、私は
――君の脊椎に沿って――君に荒れ
狂った、過剰な
ハープのせいで、大天使の悪習
のせいで、鼻が
ひくつき、アフロ的
かつ自由な鳥のせいで、時速一万キロのエンジン
のせいで、私の酸素の酸化
のせいで私は荒れ狂い、あの
二つの膝
が透明な驚異を

とどめ、痩せている
せいで、私の知らぬ
どこかの斜面
のせいで、占い女のなかの
占い女、つまり淫売のなかの淫売
のせいで、聖女が
狂気の染みに現れる
幻想を御馳走してくれた、
幼少期のなかに
私が探し求める内面の白い狂気のせいで、君は
バビロニアの偉大なる熱いテレサ、その
崇高な聖なる姿、
私が詩に表現しうる最大限の狂気的美しさにかけて、
私は君に荒れ狂った。

美しい闇

昨夜君に触れ、君を感じたが、
私の手は私の手の向こうへは逃げなかった、
私の体も、私の耳も逃げなかった、
ほとんど人間的に
君を感じた。

鼓動、
血なのか、蜘蛛なのか、それはわからない、
さまよう、
爪先立ちで私の家を、昇る闇、
下る闇、君は走り、輝きを放った。

君は私の木の家を走った、
窓を開けた

そして私は夜通し君の鼓動を感じた、
深淵の娘、黙り込んだ
女戦士、あまりに恐ろしい、あまりに美しい
存在するものすべてが、
君の焔がなければ、私には存在しないも同然だ。

快楽という言葉

快楽という言葉、この快楽という言葉がいかに長く自由に君の体を駆け抜けたことか
君の項の輝きから落ち、真っ白いその言葉が
背中の目まぐるしい臭いを通って
腰の婚礼まで
そのアーチに世界はぶらさがる、音楽が
君の優しい両脚の素晴らしさに
大理石の響きを奏でるその前には、
優しい両脚が踝の
魅力をはっきりと感じる、踝は
蝶番であり、空気であり、イサドラ・
ダンカンの足の粒子
であり、開けた砂浜で彼女はセルゲイ・
エセーニンのために
ダンスを舞う、君は

どうだったのだ、特に私にとって、
ダンス、コントルダンス、君の
臭いを嗅ぐ喜び、出し抜けに
君を見たあの時君は、人種の突然の鏡に
逆らって琥珀に寄り掛かっていた、
指の好色で
君を見た！
あやふやな皺、言ってみれば、蛇の
同時性に煤け、反対側
にざらついた君を探り、別人だが
君自身、
シーツの即時性にくるまれ、今は
両生類、瞼が
下がった老人の老い、海をもたぬ
魚、泳ぎを
泳げない、楽園

のとりわけ
美しい姿のシャムの
矛盾、真っ直ぐな
花もない、顔に代わる
花びらもない、乳首は物乞い、膝は
次第に石のように固まる、肋骨は
　　　　それで出産は、愛よ、出産の上皮の絹は？

我々はそこより出ずる、哀れな
二割る二より出ずる、
地獄、堕落
繁茂
クリトリス、エクスタシー、天使
震える太腿、まだ
すべてはばらばら、だから
昨日暴走した虎を

目覚めされてくれるのは何だ？　快楽
また快楽。嗅覚、まず
美しさの嗅覚、高く
細長い血のバラ、その斜面へ私は来た、狂気の
油などどうでもいい
　　　　　　　　　　　　戻れ、鳩よ、
小山へ傷ついた
鹿が顔を出す。

愛するとき何を愛するのか？

愛するとき何を愛するのですか、神様、生命の恐ろしい光ですか、
それとも死の光ですか？　何を探し、何を見つけ、それが何
なのですか、愛なのですか？　誰ですか？　深みとバラと火山を持った女性なのですか、
それとも、私が根元まで入る時に怒りの血となるこの赤い太陽ですか？

それとも、すべては大いなる遊びなのですか、神様、女も
男もなく、一つの体、君の体しかなくて、
それが美しい星に、目に見える永遠の
儚い粒子に分散しているのですか？

この戦争で死にそうです、ああ、神様、
通りで女たちの間を行ったり来たり、三百人の女性を
一度に愛することができず、一人だけに縛られている、
その一人、かつての楽園で授かったそのたった一人に。

人ごみのなかのラン

お嬢さんの髪の色は美しい、羽音に感じられる蜂の
匂いは美しい、通りは美しい、
黄金の靴に包まれたふたつの
豪華な足は美しい、睫毛から爪まで
化粧は美しい、華麗な動脈の
川の流れ、波の物理学と
形而上学は美しい、一メートル
七十の体は美しい、骨と皮の
合意は美しい、柔軟に彼女を練り上げ、
九か月も寝かせておいた母の
量感は美しい、彼女の内側を歩く
野生的気晴らしは美しい。

女性の肖像

女よ、夜はいつも、お前を正面から見つめるためにある、
夫と離れ、一人鏡に映るお前、お前を
破壊する大きな眩暈の恐ろしく正確な現実を前に
裸になったお前。いつもお前にはお前の夜とお前のナイフ、
そして、私の単刀直入な別れの言葉を聞くための軽薄な電話もあるだろう。

お前に手紙を書かないと誓った。だから私は虚空にお前を呼び、
空白の語りのように、何も話さない。何も、何も、
同じこと、いつも同じ同じことだけ、
お前は決して私に耳を貸さず、決して何も理解しない、
私の言葉でお前の静脈が煮えたぎっていても。

口へ、血へと上ってくる赤い服を着てくれ、
最後の煙草で大恋愛への恐怖を

焼き払ってくれ、そして裸足で宙を歩いて立ち去ってくれ、お前は
美に明らかな傷をつけてやってきた。嵐で
泣きに泣く美の哀れなこと。

死なないでくれ。稲妻の光のもとでありのままのお前の顔を
描いてやろう。見えるものも見えないものも見る二つの目、
大天使の鼻と動物の口、そして私を許す
微笑、女よ、年齢不詳の聖なるものがお前の額から飛び立ち、
私を揺らす、お前の顔は精神の顔。

お前は戻っては出発し、泡でお前を引きずる海を愛し、
じっとしたまま、夜の深淵から呼び掛ける
私の声を聞き、そして波と同じように私にキスする。
お前は謎だった。これからも謎だろう。お前は私と
飛び立たない。女よ、ここにお前の姿を置いておく。

暗闇でそれをする娘たちへ

口と口でキスなさい、レズっぽい君たち、
ボードレール的な君たち、燃え盛り合いなさい、糧を与え合いなさい、
金髪の手触りは無関係かもしれないが、快楽の骨の端から
端まで、邪悪なシーツの
下で互いに生き合い
なさい、
　　　　　　　　そして
金色の蛇のように、柔らかい
魔法のなかで悪習を
笑いなさい、結局
種の岸から対岸まであらゆるところで
ペストの雨が降り、不吉な東から
西まで、死の雹に盲いた
精液が濁流となる、そんな物音と

怒りを感じさせる
見世物。
　　　　　　　　　　そんなふうに、
過てる乙女たちよ、沈め合いなさい、油を差し合いなさい、
上から下まで狂気となって、
遊びなさい、深淵に向かって開け合いなさい、閉じ合いなさい、
二本のランのように、同じ一つの鏡で
アクセントを前へ、後ろへ。
　　　　　　　　　　　　　　　君たちについては
粉々のものを愛したと言われることだろう。
誰も美については話すまい。

軽さについて

コルタサルの路線に戻って、女たちが
いかに堕落することか。マン・レイが
写真を撮る。美しい背骨をすべて
人目に晒した長い背中、彼女は魔法へ
柔らかく落ちていく、細身、
赤毛、快楽の
もう一つの懸け橋への心構えもあり、あっちに
サスペンダー、脱ぎ散らされたソックス、絨毯の
幾分離れた隅のほうで、愛に死んだ
高すぎる靴が打ち捨てられ、彼女を失った
悲しみに打ちひしがれたまま、必死でせがんでいる、
だめだ、彼女の白い体はだめだ、強奪に
身を任せないでくれ、タンゴの歌詞のように
戻ってきておくれ、だめだ、と。

優しく
カーテンを閉めておくれ。

ケデシム・ケデショツ

フェニキア女と寝るのは不運、私はかつて
カディスで美しすぎるフェニキア女と寝た、
自分の占星術を知らなかった、
地中海にもっともっと波をせがまれる
ずっと後まで。後ろ向きに
漕ぎ出し、疲れ果てた状態で十二番目の
世紀へ辿り着いた、すべては白、鳥も
海も、夜明けも、すべて白かった。

私は寺院の一員、こう言われた。私は寺院そのもの。歓喜の大きさに
匹敵する言葉を言わぬ娼婦など
いないのだろう、私は思った。別世界への
旅に五十ドル、私は笑いながら答えた。さもなくばゼロ。
五十かゼロか。鏡に向かって

震えながら彼女は泣き、ルージュと
涙でその上から魚を描いた。　魚、
魚を覚えておけ。

トルコ石のように涙ぐんだ大きな目で私を照らしながら
彼女は語り、そのまま絨毯の上ですべての儀式を
踊り始めた。まずバビロニアの盤を虚空に置き、
担架のネジを巻いて、蝋燭を消した。担架は
千年の昔から豪華な音楽を
鳴らす蓄音機。鳩、
突如鳩が現れた。

ついでながらそのすべてが剥き出しの裸、
赤茶けた毛、ヒールの高い緑色の靴、大理石のように
神聖に彫り上げられた彼女は、
港の他の女狼とともにティルスで

籤の商品に捧げられたときと同じ姿、あるいはカルタゴで、
十五にしてシーツをもらった踊り子だった
あの時、そのすべて。

でも今なら、ああ、散文で話せば、
わかるだろう、あまりの
天使風の見世物のせいで、いきなり脊椎に危機が
走り、性欲と
精子に突き動かされて絶頂期の彼女を犯した、
売春宿ではなく寺院だったというのに、
荒々しく彼女にキスし、
傷めつけ、それでも彼女は
過剰な花びらのなかで私にキスし、互いに
喜びの染みをつけあった、掠れた夜、
カディスを取り込んだまま、カルタゴのアルファベットでは、
想像の想像が及ぶかぎり、

一度も書かれたことのない男女の油によって
大きな焔で燃え上がった。

ケデシム・ケデショッ、女主人公、女神学者、
気狂い女、銅、銅の
雄叫び、これまたリビア人、
罪深きアフリカ人だった
アウグスティヌスも
一晩だけ透明なフェニキア女から体をくすねた
ことがあったかもしれない。罪深き
私は神の前で今告解する。

愛人たち

パリ、これは宙に浮いた一九五九年のある日。
どうやら当時と変わらぬ同じ眩い日。
春はなぜ口づけするのかわきまえている。まだあの
同じタクシーのなかで、人ごみのなかに君を探している。今夜は君の体とともに
長々と眠る、そう記された果てしない汽車。

パリ、これが荒々しい不思議のマッチ。
すべては稲妻のなか、我々は、最初から休むことなく飽食のなかで
燃え続ける。この哀れな瞬間を愛し合おう。
汽車、また汽車、そしてさまよえる飛行機で、我々は神々に縫い付けられた、
船また船、この網が地上で二人を結びつける。

パリ、これは突如永遠となった波。
そこで別れた二人は、相変わらず飛び続けた。忘れずに

手紙を書いてくれ。この肌、この手の喪失、
君の夜を遠方へと連れ去る恐ろしい車輪、
生まれ続けるために我々の足元で開く世界。

パリ、毎日の革命とともに生まれ生まれるこれを楽しむ渦の
なかをともに歩もう。
君の血の月日から来る者たちの星を君の高い花びらに委ね、
君をシーツの上に寝かせておく。身籠った君の
美しさに手を置き、はっきりと起源に手を触れる。

輝きについて

君の目について七冊の本を書き、一冊も
出版しないまま、時が
過ぎるに任せていた、君の
目の磁力が氷河の
上をすべり、引き受け役が神と
なるようにしておいた。

神に対してすら大きなことはできなかった、君に
盲いた白鳥を泣かせ、結婚式もなかった、もちろん
どのみち前日に誰かが死ぬわけ
でもないし、すでにそこには
ディセポロの書いたタンゴが
あった、
煙草もすべても、割れた

鏡もあった、
煙と煙の間で一人
踊るつもりだった、お嬢さん、
そんなに歳を取ったのかい？

私から生まれず

私から生まれず、肌から肌へ
やってきて、体と体の
たった一つの対話へ入る、
そんな噂、感覚の
激情が収まり、もう一つ別の
言語、話されてはいない、
轟音に冒涜されてもいない、存在に
目が眩んでもいない。

生殖世界の始まりのように、再び
言葉になれば、再生が
水で、すべてが水で、雨の
なかで鳩と言われ、
すべてが鳩だった頃のように、彼は

——両足は軽い——空中で泳ぎ、彼女は
彼から泳げず、すべては
動脈的に一つ。企み。
驚き。

姦淫

君の睫毛の先に、そして乳首にキスすることができたなら、濁って君にキスできたなら、
我が恥ずかしの女、個性的な白い
あの太腿に、脚に触れることができれば、
猫のような君のあの香しい空気から
空の飛翔へ再び飛び立つ、我がスペイン女、
我がフランス女、イギリス女、乙女《ラガッツァ》、
北方のスカンジナビア女、創世記のディアスポラの
泡、そんなふうに呼び掛け、心の中で君に
あとは何と言えばいいだろう？
　　　　　　　　　　　　　　ギリシア女、
我がエジプト女、大理石の
ローマ女？
　　　　　　　　フェニキア女、
カルタゴ女、それとも気狂い女、気の狂ったアンダルシア女、

死のアーチで
すべての花びらを開いて、
　　　　　　　　　　　　張りつめた
神のチター、姦淫の
踊り？

君の喘ぎを聞くことができれば、
アマポーラの最後まで噛むことが
できれば、我が憑かれし女よ、そこでまだ
お前を狂わせることができれば、盲いた
涼しさのなかで、淫らな女の
飽くなき広大さのなかで、
君を泳ぐことができれば、
　　　　　　　　　　　　君の歯で
熱狂的に熱狂を笑うことができれば、別種の純潔さを持つ
象牙の白が見えるまで君の肌の阿片に心を

奪われれば、ピタゴラスのように炸裂する
球体の歌声を聞くことができれば、
　　　　　　　　　　　　　　　　君を舐めることができれば。
ライオンが雌ライオンの臭いを嗅ぐように
君の臭いを嗅ぐことができれば、
　　　　太陽が動きを止めれば、
男根的に私のものになって、
　　　　　　君を愛することができるのに！

愛

一

焔と声とともに突如君が飛び出し、
君は白く柔らか、そこで僕を見つめている、
君だけ別にしたくても、君はそこで僕を見つめている、
そして僕たちは無邪気、赤い高潮が、
君の唇で僕にキスする、そして今は冬、僕は
君と港にいる、そして今は夜。

そして寝るためのシーツもない、ない、そしてどこにも
太陽はなく、空から引き出す
星もない、道に迷った僕たちには
何が起こっているのかわからない、なぜ裸に
僕たちが貪られるのか、なぜ嵐が

狂女のように泣くのか、泣き声など誰も聞いていないのに。

そして今、君が輝く今だからこそ――許される――、
君が欲しい、深いフィルターのついた
君の声に惹かれる、僕のキスと
君のキスを一つにさせてほしい、太陽となって
君に手を触れさせてほしい、死なせてほしい。

君に触れる、一日となった僕と君が結びつく、愛の空の
高みまで君を奪っていく、かつて僕が王だった
あのてっぺんへ向かって、オーロラを逃れた風へと君を導く、
飛ぶ、一万年、一万年も君と飛ぶ、
一分だけ、それでも飛び続ける。

二

現在四時、死――ここは死の館――が
すでに僕の静脈を駆け上り、窒息が
僕の窓へ打ちつける。今こそその時。僕はここで
立ったまま君を待っている。僕こそ君の
探し求める騎士。ためらわなくてもいい。今こそ僕の時。

僕は震えたりしない、君のもとを離れたりはしない、でも少しだけ
猶予の時をくれ、僕の手で
オーロラにキスを届けさせてくれ、そして僕のキスで
あの口に血の棘を届けさせてくれ、あの美しさに
僕の心の色を届けさせてくれ、
僕を糧にしてくれればいい、そしてこの僕が
燃え盛る炭より見事にあの唇を浄化してあげよう、
そしてあの唇から日々僕の焔が出てくるようにしてあげよう。

見てごらん。脆いけれど、娘たちすべてから
僕が選んだもの、神が
最も純粋な星を選ぶのと同じ、この壊れ物が寄る辺ない僕の内側で
風に乗って燃え盛ってくれればいい。眠りはしないだろう。
息すらほとんどしていない。寂しくもない。

現在四時。今こそその時。言ってやれ、ああ、死よ、さらば。
僕が愛するもの。細長く、匂いの強いもの。
その黒髪は木のように伸びる。海が
その胸の谷間に砂浜を開ける。その目の
下を走るものを見てごらん。僕が一緒にいないというので
泣いている。

現在四時、我が死よ。早くここから出してくれ、
僕の心へ上ってくれ。立ったまま君に、
征服者のように見知らぬ海に、入ってゆける

僕は幸せだ。

三

女よ。僕らは育ち、育ちながら絶望し、
暗く、少年時代を奪われ、ますます暗く、
迫り来る唯一の起源、
僕らが生まれ変わるその場所をめざす、君が
僕のためだけに生まれ変わる場所を。

他の誰のためでもなく、僕のためだけに、
僕のキスだけのために、三十ある僕の口のためだけに、
かつて君が、さまよえる星のように速く落ちることを
学んだ僕のつむじ風のためだけに。
女、我が星、速く。

君を煽るためだけに君に触れようというのではない。
僕には経験がある。君を愛している。
僕には暴力がある。もっと深く君を愛している、
どんな妄想よりもっと遠くまで愛している、
そして妄想と同じく、絶対に君から離れない。

ああ、たった一つの花、
君の本性に真昼の自由を見出すのは
僕だけ。君に
静かな花冠と深い母性を
読み解くのも僕だけ。

男の母、男の夢の母、
とり憑かれ、男の怒りで、
純真で、よるべなさで
身籠る。

女よ、時は流れる。僕は男。君は
女。詩は
僕らの血。僕たちに
ついて言えることはそれだけ、
そして今さら繰り返しても
無駄なことばかり。

四

何か月も血は娘のような君の
美しい姿、激流のような
君の髪を身に纏い、君の
笑い声が何か月も悲しみの痛々しい棘を
僕に泣かせた。世界は
夜に取り残された子供のように死に始め、

歳月の重みを背負って街を歩く僕も子供だった、盲いた
天使、暗い地上の天使だった、
罪の意識を抱え、君の残酷な美しさを抱え、君を見たというだけで、
正義に目をくりぬかれた。

そして君は自由に飛んでいた、海の上を軽々と、ああ、我が女神、
自信と芳香に満ちた君、
美しく生まれたのは君の罪ではなかった、そして喜びが
象牙の清らかな流れのように君の口から
溢れ出し、女狼のような
幸せなステップで踊っていた、真昼の
眩暈に、君から別の
娘が飛び出した、まるで驚異的な
驚異、そして深い悲しみの手紙を僕に宛てた、
僕たちは遠く離れ、愛している、
そう君は言ってくれた。

嵐が果てしない飛翔で
飛んでいくように、日々、そして月々が飛び去り、
誰も何も、何も知らない、僕らの選ぶすべては
混乱、一人ぼっち、最終的に、完全に
一人ぼっちになってしまうまで。

娘たち

子供のころから僕は見つめ、匂いを嗅ぎ、
味わい、触れ、泣き声、笑い声、
寝息、生きる音を聞いてきた。
貪り合う美醜、惑星の
鞭、智天使と
ハイエナの突風が
僕たちを照らし、惚れさせ、
そして真昼を狂わせ、密かに笑う
熱いたぎりの衝撃を狂わせる。

我がチター

我がチター、肉と
果実の饗宴で何度も味わった
美しき娘よ、今日は天使たちのために歌おう、
このめくるめく激情を奏でよう、
さあ、裸になろう、怒れる口づけの
中へ入ろう、
天は我らを見つめ、一糸纏わぬ動物のように
自由な姿を愛でる。

またお前の体をくれ、あの暗い房をくれ、そこから光が
出ずるように、お前の星を、お前の薫り高い雲を噛ませてくれ、
我が唯一の空よ、お前に手を触れ、
撫で回すことを許してくれ、新たなダビデのように琴線を奏でさせてくれ、
君の美しい静脈を巡る複雑な鼓動のような

我が種を神に運んでもらおう、
大理石の胸で君を破裂させてもらおう、調和のある
君の腰、我がチターを破壊してもらおう、そして死すべき
命の美しさに君を引き戻してもらおう。

女狼

数か月間、血は少女らしい君の
美しさを、迸る君の
髪を身に纏い、君の
笑い声が、数か月間悲しみの荒々しい棘の涙を
私に流させた。世界は
夜に飲まれた子供のように死に始め、
私自身も通りで齢を背負う子供となり、盲いた天使、
地上の暗い天使となって、
内なる罪の意識と、残忍な美しさを背負い、君を見たこの目を
正義にくりぬかれた。

君は自由に飛んでいた、海の上を軽々と、ああ、我が女神よ、
自信と香りに満ち溢れ、
美しく生まれた罪を背負うこともなかった、象牙の

純粋な流れのような喜びが君の
口から流れ出し、君は
女狼のように幸せなステップで踊り、真昼の
眩暈のなかで、別の少女が
驚異的な驚異のように
君から飛び出し、深い悲しみに
満ちた手紙を私に宛てた、遠く離れていても、僕を
愛していると君は言ってくれた。

しかし月々は日々のように、果てしない飛翔を
飛び続ける嵐のように飛び去り、
誰も何も、何も知らない、我々はいつも
曖昧なものばかり選び続け、最後には
二人だけ、二人きり、完全に二人きりになる。

そこにとどまれ、娘よ。そこに止まれ、あの時の

ステップそのままに、珍しい星のようにやってくる君を見たあの時のように。
歳月を見ながら君を見ていたい、残忍な姿で
追いかけたい、黒服に
包まれた深い姿、踊る姿、あの完全な君の姿、
そして君の緑のハンカチ、ああ、あの腰、
あの腰。

そこにとどまれ。君は空気か光に
なるのかもしれない、他の誰とでもなく、君はこいつとともに昇るのだ、
今永遠の生について語るこいつとともに、
君は太陽へと昇り、他の誰とでもなく
彼と戻ってくる、六月のある日の午後、
三百年ごと、海辺で、
他の誰とでもなく、彼とともに君は永遠を手にするのだ。

常なる別れ

暗黒の三日間
君は海のように泣き、僕の記憶によって、
二つの棘のように、ひるむこともなく、
寝室のカーテンに隠れて泣いていた君をじっと
見つめる僕の目によって粉々にされる、
棘とは無の花。
なぜ泣くのかも、誰が去ったのかも
知らぬまま君は僕のために泣き続けるのだろう。
君が君ならば、僕が僕ならば、深淵が口づけならば。

突如すべては
空っぽの僕の顔の上で泣く君の涙のようになる。
君は通りを駆け抜けるのだろう。仕事へ向かう
あらゆる男たちの背中に僕を見ることもなく君は僕を見つめるのだろう。

囁きの影で僕の声を聞くために映画館へ入るのだろう。けたたましい
衝立を開けるのだろう。そこに置かれたテーブルが、ビールを注いだまま
放り出されたコップのようにしわがれた僕の笑い声を待ち受けるのだろう。

美しき女たち

皮膚から衣装へと伝わる熱い大理石の上で、電気を帯びる裸の女たち、
素早いうねり、鋭く、挑発するように、
繊細なヒールで世界を踏みつけ、運命の星を踏みつけ、
通りに生い茂る雑草のように芽生え、芽生え、
硬い香りを緑色に吐き出す。

獰猛にうなる夏の捉えがたい暑さ。薔薇でもなく、
大天使でもない。この国の娘たち、男の
巫女たち、まばゆい暑さを超える何か、
別の何か、地球が知っているように知っている何かを
知っているこの柔らかい枝を超える何か。

身の軽い、深く、確かな、柔らかな女たち、青い目の
狩人、素早いストリート・ダンスで

急き立ててくる焰、雌、雌、
泡のキスを引き出すためだけに
五感の網を投げ入れたしわがれの波間の雌たち。

眠らぬ者にはすべてが目覚める

思考は男根、言葉は陰門
O・P

とことんまで美しい女を
知り尽くした後でその女とともに
眠るのは美しい。エロチックな夢の
芝生を横切って、裸で女を
追いかけるのは美しい。

だがもっといいのは眠らぬこと、催眠術に
屈せぬこと、草叢に隠れて
猛獣たちの戦いを楽しむこと、匂いのきつい背中に
耳をつけながら、
眠る女の胸に
蛇のような手を置きながら、裸の

体を忘れて息をつく、その音に耳を澄ますこと。
その後で、彼女の魂に呼び掛け、
顔から一瞬だけ魂を引き出し、
私の血と眠るずっと前から
物事がどう見えていたのか確かめる、
雨の日のような、
エーテルをさまよっていた頃に。

もっと美しいのは、こんなふうに言ってみること、「おいで
体から出てごらん。ここから逃げよう。
肩に担いであげよう、お前を堪能して知り尽くした後でも、
これまでどおりの自分でいる、
さもなければ無となる、そう断言できるのなら。」

彼女の声を聞くのは美しい。「私はあなたの

一部、でも私は
あなたの狂気の発散でしかない、
快楽の星、世界に存在する
あなたの体の輝きでしかない。」

第三部　生と死

太陽と死

容赦ない太陽に向かって泣く盲人のように、
永久に焼かれた空っぽの目で、
いつまでも光を見ている。

私の手の代わりに書く
光線が何の役に立つ？　すでに目を失ったのに、
火が何の役に立つ？

世界が何の役に立つ？

食べよ、眠れ、楽しめと迫る体が
何の役に立つ？　すべては
影で快楽に触れ、
胸と唇で死の形を

噛みしめるだけだというのに。

私は二つ別々の腹から生まれた、二人の母によって
世界へ放り出された、二人に受胎され、
神秘も二倍になったが、あの恐ろしい出産から
生まれた果実はひとつだけだった。

私の口には二枚の舌があり、
脳には二つの頭がある。
体の内側で二人の男が絶えず貪り合い、
二つの骸骨が一つの柱になろうとして争う。

自分の話をしようとすれば
この口以外に言葉はない、
どもりがちなこの舌が
私の苦しみという

白日の陽の下で
私が見たものの半分に名前をつける、
容赦ない太陽に向かって泣く盲人のように。

自殺者の手紙

この女に脳みそを真二つにされた、
彼女は狂った銃弾のように出入りし、
そして私の頭蓋骨を開き、そして傷を癒してはくれない、
夏が吹こうが冬が吹こうが、
満腹したコンドルのように、腹いっぱい、
幸せな勝利の上に腰掛けていようとも、
空腹に鞭打たれようとも、眠ろうとも
起きようとも、移ろいやすい流れに晒された石のように
一日に沈み込んでいこうとも、
自らを欺くためにチターを奏でようとも、ドアが
開いて、背中に私の字を刻まれた
裸の女性が十人もなだれ込んでこようとも、へとへとに
なるまで体をぶつけ合っていようとも、
残るのは彼女、狂った銃弾のように

出入りし、
どこまでも私を追いかけ、私の妖精となり、
淫らにキスして、
死から逃れようとする、
そして私が眠りに落ちると、私の背骨に宿を
とり、助けを求めて叫び声を上げ、
死のうちに孵化した母のないコンドルのように
私から空を取り上げる。

死に逆らって

日ごと視界を振り払って目を振り払う。
毎日人間たちが死んでいくのを見たくはない、見てもいられない！
内側から穏やかになって、仕事だけ
そつなくこなして右へ左へ愛嬌を振りまいているぐらいなら、
いっそ石になるか、真っ暗になったほうがましだ。

通りの真ん中であらゆる方角に
真実を語り続ける以外、私に仕事など何もない。
大地に両足をついて、この世の自由な骸骨となって、
生きている、ただひたすら生きているという真実。

思考と同じ速さで飛ぶ
機械に乗って太陽へ飛び立って、一体何の意味がある？　無限の
向こうまで飛んで何の意味がある？

暗い時間の外で
生きていく希望などまったくないまま皆死んでいくというのに。

神は私を助けてはくれない。誰も私を助けてはくれない。
だが私は息をして、食事をして、眠ることすらある、
あと十年、二十年もすれば、他の皆と同じく私も
二メートルのセメントの下へうつ伏せに落ちていくことだろう。

私は泣かない、自分を憐れんだりはしない。すべてはなるようにしかならない、
それでも、中身の詰まった箱、何かが詰まった箱、箱、箱が
絶え間なく過ぎ去り、過ぎ去り、過ぎ去っていくのを見ていることなど
できない、箱に入った
まだ熱い血を見ていることなどできない。

このバラに触れ、花びらに口づけし、命を
賛美し、疲れを知らぬまま女を愛し続ける。女たちの内側に

世界を開くことで生きる糧を得る。だが、すべてはむなしい、
私など意味のない頭にすぎない、
切れることはあっても、この世界と違う世界を期待することの
意味など理解できない。

神について聞かされ、歴史について聞かされる。私を
貪る渇望、永久に空気の寵愛を受けて生きる太陽のように
なりたいという渇望を言葉にするために、これほど遠くまで
旅する自分に笑いを禁じ得ない。

エレジー

女を殺してしまった、
一週間も一緒に寝た後で、
髪から爪まで
狂ったように愛した後で、この飢えた体で
女の身も心も食い尽くした後で。

寝室はまだ叫び声に溢れ、
まだ叫び声から目が飛び出してくる。
まだ両目を開けて白く黙っている、
仕事と疲れの後で
沈黙と真っ白に沈んでいる。

七日七晩
仲良く大きなキスに包まれていた、

飲み食いもせず、世界から離れ、
ホテルのベッドを渦に変えて
難破していた。

二人して沈む瞬間、すべては太陽となり、
二人はただその光線となった、
人類全体を焼き尽くすような
果てしないオルガスムのひきつった火以外
この世に太陽などない。

二人は自由に流れる粒子だった。
その下から耳を澄ませ、二人目を覚ますと
そこに見えたのは恐ろしい、それでいて涸れることのない太陽、
人の死に糧を得た太陽、
その太陽のなかで二人は燃え盛った。

地獄を出ると、女は地獄へ戻りたくて
死にそうになった。私は覚えている、彼女は
渇きで泣いていた、早く殺してくれと言っていた。
浜辺にでもいるように、熱い空気にキスされて
固く赤くなったあの体を覚えている。

すでに彼女が抱いていた欲望はすべて満たされた。
そんな姿を思い浮かべ、あの美しい笑い、
しなやかな脚、深い歯型を思い出す、
戦争の劇場と化した
シーツの間で血塗れになった姿が目に浮かぶ。

死体と化したあの美しさをどうすればいい？
すべてを塵に変えて
バルコニーから捨てればいいのか？
埋葬はするのか？　悲しい思い出として

側に置いておこうか？

いや。どんな思い出にも泣くのはやめよう、
あらゆる思い出は死者となって
死ぬまで我々を追いかけてくる。
彼女と寝よう。私の隣に埋葬しよう。
彼女とともに目を覚まそう。

死者たちに水をかけよ

死者たちに水をかけよ、死者みんなに
水をかけよ、ありとあらゆる死に
新鮮な水をかけよ、
母なる水をかけよ、
ランのように、
あるいは蝶のように、星の
反対側へ飛び出せるように、
非現実の草叢の
もっと向こうへ飛び出せるように、
復活というものが結局
本当に復活なのか、狂人が
アルトーではなくて御身自身、
　神と呼ばれる存在なのか、確かめるために。

黙れ、

体よ、閉鎖に
閉じよ、自分に
すがりつけ。もはやそこに
見える大きな窒息のなかで、お前に
最も不足しているのは、あの密かな
金曜日の水、水、
空気ではなく水、
水、水はもはや起源の
囁きを発せず、お前を
洗い清めもしなければ、口づけも
与えない、内にも外にも、
干上がって、
過去の重みで空っぽになる、
羊膜の時には、お前の母より
　母だったのに、

その前、
そのもっと前。

最後の魚
誰にもならなかった八十回、残るのは
三本の棘、
思考の棘、
愛の流血、
生まれてきたことの毒。

情熱のドラマ

ああ、犯罪者よ、夏の無垢な星を見つめてはいけない。

透明な大理石のヴェールで顔を隠してはいけない。

すべてを予見し、難しいスケッチのように計画を立てた、その事実を否定してはいけない。

昨夜お前は許嫁に向けて二発拳銃を
発射し、銃口を自分の口へ向けた。

愛から一メートル離れたところ、通りで一瞬だけお前は眠った。
それがお前の挙式。お前のベッド、お前の死衣。
アスファルトがお前のこめかみを
乗せるたった一つの枕。
ああ、郷愁の王子よ、お前は絵に自分の王国を探し求めた。
お前の愛から一歩のところで、近所の人たちはお前の死をネタにして楽しんでいた。

バラバラ死体の絵、あれがお前の傑作、

構図もいいし、深い筆遣いの色もいい。
私にはとても見ていられないが、瞳に入った傷のように、
起源にある無の具現、その到来のように感じられる。
お前が血で名前を入れたカンバスはお前の人生そのもの。

そしてお前の旅立ちを聞きつけ、お前が地上にいる私の軌道から外れる音を聞く、
幻の雲、その動きと魔法を逃れ、
恋人の太陽のような体をしっかり腕に抱いたまま、エクスタシーの風とともに
虚空へ身を投げ出す間違いだらけの体と同じ旅立ち。
私は立ち上がり、星の流れの後ろから、お前に別れの言葉をかける。

回転と移転

私の星、
お前は、あまりに気前よく、あまりに独特で、
私の人生、
そして私の死と同じくらい全体的、
お前は
私の目から
飛び出す
焔

お前は鳥のよう、
そして
怒り
お前の花びらは
血で

汚れている。

泣き崩れるな
笑うな
お前の車輪が
情熱を込めて
軌道を回るときに。

目の
一撃で
すべてを自分のものにする。

すべてが
お前の深い
飛翔を手にする。

自分の軸とともに
一日をやりすごすお前は
針のよう、
真珠のよう。

お前の光は
石ころ、
下のほうへ
揺れる
水を
掻き混ぜながら
落ちていく、
頭を
休ませる
底もない
矢のように。

私の星、
私はお前から飛び出した、
世界で
お前を名づけるために、
水と
水、
深み
そして
沈黙。

おそらく
機械は
私の死骸、

戦争が

好きなように
息を
させてくれる。

女は私に
断崖のことを
思い起こさせる。

私の星、
なぜ
お前の岩の上で
私は生まれたのだ？
なぜ
お前の棘の上で
私は育ったのだ？

私の星、
私の支配は
お前の眩暈。

私の周りで
お前の光が燃える、
だが
私がお前を
内側から破壊する。

死者へのチター

軽く血に染まった思い。それなら人間とは何だ、非現実の
白い糸か、星の黒い糸か？　パルカたちの
縫い物か？　大きな空っぽの劇場での
独白か？　神聖な動物が
体で燃えるように、もっと体
もっと体なのか？

いつ動物が燃えるのだ？　上演の
七、十、それとも、希望の
日付が過ぎた後か？　祝祭の
明白さは喜びの
激しさ、喜びを失う
危険。

死者が死んで、生を奪われた者が最初にすべきは足跡を
消すこと、すべての痕跡をしっかり消すこと、世界に
存在の借金をぶちまけること、
そのすべて
最初の夜、死んだ死者が
後ろ向きに駆けていくのを見て、鳩が狂ったように飛んで
騒ぎを起こしても、気にすることはない。
すべては十戒に定められたこと。

死すべき者

あらゆる死すべき者と同じく、私は空気、空気、
恐ろしい大飛行、そして今、星に立ち寄る、
繰り返し言おう、人間たちは今や互いに接近している、
爆発そのものが間違いなら間違いなのだ、
愛し合おうということ自体が間違いなのだ。

墓碑銘

これが別れの言葉になるだろう、私は野鳥を愛した、そこで
閉じた遠吠え、死なないことの
滑らかな板、花、
最期。残忍な親族への
手紙などいらない、正義への
報告書などいらない。お願いだ、地球よ、
地球だけ、我らは飛べるだろうか。

下から

そして我々は逆さ吊りにされ、目から
血を抜かれた、
　　　　　　　　ナイフで
背中に印をつけられた、私はナンバー
二五〇三三、
　　　　甘く
ほとんど耳元に
囁かれた、
何某万歳を
叫んでくれと。
　　　　　　　　あとは
我々を塞ぐこんな石ころ、風。

太陽、太陽、死

容赦ない太陽に向かって泣く盲人のように
永久に焼かれたこの空っぽの
目で必死に光を見ようとしている。

私の手となって書く光が
何の役に立つのか、火が何の役に立つのか、
　　　　　　　　　　　　　　　　　　深
み
の深み、
　　　世界が何の役に立つのか？
体が何の役に立つのか、私に食べよ、眠れ、
楽しめ、起きよ、
影の

影で快楽に触れよ、と命じる
この体が？

これほど自分の飛翔を誇る風はない

封じ込められた涙の鼓動すら石に聞かせないために
海岸の石を閉ざしゆく
この移り気な霧ほど
自分の飛翔を誇る風はない。

ああ、喉よ、ぽとぽとと垂れる星のなかで自由になれ、
骨を通してお前の鍵を走らせよ。
塩漬けの太陽が真昼の海岸を、
岩の頬を転がればいい。
泡のなかに鋭い嗚咽の糸が現れればいい。

靄よ。死の物理的翼が
嵐を切り開くまで
空っぽの景色に羽を休ませよ。

夢遊病者となって、目のない羊を放牧させよ。
猫のようになって、本質と存在を貪れ。
ああ、塩に寄り掛かった白い疫病。

ああ、自殺者の魂よ。お前の物憂げな髪を愛さない者がいるだろうか、お前を見て、その起源を見つめない者がいるだろうか？
まったく同じ霧。私は私でしかない、
自分の岩で眠ることを定められた石炭のようなもの。

灰のような光の物語に編み上げられた
海の白い蜘蛛の巣の下で
啓示の幻が私の目を覚ます。
舌の下で
呼吸の邪魔をする棘。

第四部　放浪と風景

アジアの野蛮人

ここが世界の中心、だが、地球は世界の中心ではない、
人は燃え上がるのか干上がるのか。地球自体は荒野。我々はそこより出ずる。
我々はその皮膚にも似て、季節によって緑の音、柔らかい音を立てる、
その移動のうちにすべてが流れ、我々は軽々と歳を重ねる、
我々は燃え盛り、焼け落ち、猶予、もっと猶予をくれとせがむ。時が訪れ、いったい
誰が、誰が、我々の紡いだ糸を紡ぐのだろう?
詩は先を急ぎ、その針が鳥の飛翔に跡を残す。

リバーシブル

1

数多あるスピード時代のなかでも、
夜明けまで包囲され、虐殺された
この南の
星が吼えるような
オペラほど速い事態はない、恐怖の大砲の
残す間は陰鬱で、鉛と悲嘆の
雨が降る地平線に、血の
アーチがかかる

2

五キロに及ぶ河岸線沿い。美しすぎる

雪の共和国の項に
銃弾が撃ち込まれ、その奇抜な踊りがアラウカで始まる、伝説的な
細身、乙女心、裸足の
高慢。背中から撃たれた
さもしい裏切りの銃弾。祖国に
飢えた者はくたばれ、紳士は生きよ、

3

コンドルの血に赤く染まった川が流れ、ラウタロとともに、
危険の音楽だけで
我々を激流の人間に変えた
火山と大海の風のなか、
神が原住民となるときは、
さながら新たなオーロラの天変地異

4

海に向かって開き、不吉な運命に逆らって、永遠のなかに太く長く伸びた
ビオビオ、その反抗的な春の
閃光のなかで青い馬が先を走り、
侵略者がけたたましい声を上げる、我らはまだ生きている、
生きているのだ！　打ち勝つこと、
十一日火曜日、さもなくば死、
そんなふうに書かれた最初のページで、
まだ我らはうごめいている。

5

偉大なる千年紀の踊りが続き、亡霊と化した総統の
歓喜、高慢なブーツの
輝き。ドーソンの

雲間にあるブーヘンヴァルトで
ガスとなった者たちの
唸り。
　　　　それでは
太陽まで
リバーシブルだったのか？

背中向きに登場する男

背中向きに登場する男は幸せではない、ローマに
何度も行ったことはあっても幸せではない、ローマで
小便した事実を隠す必要などなくても幸せではない、
　ウラル山脈から
ウラジオストックまで垂れ流しにしたことがあっても
　幸せではない、アフリカの
贅沢なトイレにいても幸せではない、アテネ経由の
飛行機にいても幸せではない、美しい
妻とともに雨に狭められたロンドンに
いても幸せではない、先コロンブス期のアメリカ大陸の
広大なビーチに降り立っても幸せではない、エトルリア語の辞書と
ドイツ語の辞書を持って明朝の墓石からエジプトの
ピラミッドへ旅しても幸せではない、キリストが
どう自分を作ったのか考えても幸せではない、バルパライソの

家が燃えるのを見ても幸せではない、ニューヨークの
摩天楼を移り歩いて笑っていても幸せではない、ブエノスアイレスから
ベラクルスへ向かう船で音楽を聞きながら地球の輝かしい地域とみすぼらしい地域を
回っても幸せではない、体の
内側で起源を論じても幸せではない、寒さに
かまわず壁に背中をもたせ掛けてあらゆる星の
視線に耐えていても幸せではない、
背中向きに登場する男は。

ナジャへの手紙

この手紙を受け取る君は、そこで
悲しみに暮れてなどいない、君のいない
寂しさに痩せこけた英語に訳されたりしてはいない、
こう信じている、後頭部のかわいい
動物のような君、その胸開きの広い
ドレスは白いドレス、アラセイトウのように白い

ドレスだと信じている、わかるだろう、念のため、アラブ・スペイン語のハイリー、
七世紀が終わったずっと後で狂人たちの言葉に
入ってきた単語、君の目が緑色だったと
信じている、金色に開いたその目が。

エッフェル塔がニューヨークまで飛んで、
あまりのエンパイアーに興奮して盲いた

ベアトリーチェを見たと信じている、星の
羞恥心だったその壁が
崩れ、君が纏うヘブライの
輝きをすべて信じている、サロニカからプラハへ、プラハから
ワルシャワへ、
ブエノスアイレスへ、往復する
二人の血なまぐさい手紙を
信じている

鎖骨の
ような君の愛しい体より痩せこけた
僕の習いたてのバイオリンに及ばない、この事実を受け入れておくれ。

シャガールのカンバス

それでは女性を描くために、サフランと
聖書の響きを持つ
ムルシアのアナという名の
女性を作り出すことにしよう、蝶となった
私は、ボルヘスがブエノスアイレスを描くとき
したように、シャガールの香りと
油で、盲いた空気に彼女を
描きとめてみよう、シャガールを超えるまで、
震える蝶となって、
内側からすべてを見透かし、彼女の
みずみずしさを乞いながら、あちこちに
磁気を与えてみよう。1）パトスに逆らい、
距離を味方につけて南へ、2）
特に用心することもなく、東の

星へ向かって軽々と、3）西と中世の
水陸、つまり、魔法にかかった完全死へ、4）ヘラクレイトスも
そこから登場するという北へ。

そんな服を着ていれば、それほど美しい
娘の背中は見えないだろう、鼻の
線、肌の
螺鈿のような透明感、ダンスのための
軽い空気の入れ替え、髭剃りのいらない
女性の血らしい純粋さと
自由、脚の速い
鹿に紛れ込んだアマポーラ、出産の
喜び。

自らを描くこの栄光の創造物は、
ヒエロガミーで静脈と一つになり、

若い雌牛とゼウスがもう一匹
緑の蝶を作り出し、
　　　　　今日
木曜日ならまた九か月
体内に入り込んで、その細身から
飛び出すこともできるかもしれない、ボルヘスのように
王を嘲笑い、残忍な
夏にもめげずブエノスアイレスで育つ、
喪失の身勝手さとは優雅さ、鳩の
落ち着きかもしれない、どうやら
ムルシアのアナは、ガラスの白い
服を纏って旅し続けているらしい、
　　　　　　　　　　　そして私は
彼女のおかげで生き永らえる。

アルバロ・ムティスへ

アーチと緊張

死んだら日本人になろう、
ガラスの服と悟り
のオーラを纏って、王となって
自分に入ろう、人間の
一万年を
透明に生き抜こう。

半透明のサークルが
きっぱり閉ざされ、イラクサと
スミレが静穏の糸を
紡ぎ、大阪経由のカモメ、神が
いるのなら、神に守られた瞼
そして大きな黄色い蝶。

父なる海原

青い花びらの上に聳え立つプリンシプルのプリンス、
海の上を風が言葉の飛翔となって流れゆく。

二本の燭台の間で夜が跪き
我々は暗くゆっくり前進する、かつては

木だった船、どんな運命の板だったのか、
鳥から生まれる同じ風。

失われた港

重さのないこの土地ですべては
狭く深く、花が
ナイフの上で育ち、砂地に伏せれば
火山の音が聞こえる。雨が砂地を
濡らすと、未知数が
明らかになり、空には
幻想の椅子が現れ、
そこに座った稲妻の神が
老いた雪山のように登場する。

すべては狭く深い、人の足跡が
残らないのは、風が北へ、空白へ
吹き飛ばしてしまうから、
だから、

出し抜けに
私はバルコニーへ出てみるが、誰の姿も見えない、
家も金髪の女も見えない、
庭は消え、
すべては無敵の砂と化している、すべては
幻、この星の
岸辺には、風より前に
存在するものなどなかった。

そして私は波まで駆け寄り、その口づけに
身を沈める、鳥たちが
私の額の上に太陽を作り、
そして私は風の名において
空気と時の岩を
手に入れる、青い星、
バルパライソ、そして風。

崖との陶酔

あらゆる美は
水とともに逃げ始める
ウィリアム・B・イェーツ

火が冷たいものに打ち勝つのなら、
火の娘マリアの謎を解いてみよう、
火の優雅、火の元気、
火の輝き、エクスタシー

婚礼の雪の上、澄みきった十八、
暗いスコットランド。石、存在できなかった石、
幻想の動物、血を失った聖なる動物。

恋人。夜ごと傅かれる動物、私の動物の
内側で眠る動物、やはり眠っている、

星のように落ちる彼女を見るまでは。
九か月止まったまま揺れる星の
ように、波止場のように、彼女は白。
糸で宙に繋ぎ止められている。

神々から奪った火が後に残す
糸、太平洋の死んだ線の上、
寒々とした標高三千メートル。

そこでは山脈が生きている、
そしてマリアはアンデスの
山脈、そして空気はマリアだった。
そして太陽はマリアだった、そして快楽
知の理論

そして詩の火山。
火の女。目に見える女。
ずっとお前はあの永遠の場所だろう。
生まれ出ずる山脈、海。
沈黙の災厄が生きている。

大地の向こう

1

空気のなかに空気を見る、この数年
のうち、瞼の下の汚れた風の下で
何年が過ぎ、亡命で何年が
過ぎたことだろう。

2

セメントの
板の下の大地の
土を食べよう、目になろう、
大波になろう

3

身元を証明する
岩の上に立ち、他でも
ないこの骨になろう、この
音楽を自分の網膜にしよう

4

空っぽ。
私は
生まれる、生まれよう。
旅立つ、旅立つ、旅立つ。

大風の景色

広場に流れる音楽と横顔の少女たち、レブは
この日曜の海岸、日曜とは
ほろ苦いもの、すべてを
掻き乱す突風、ミサを出ると、
夏に思い上がったお前は、首都の
エメラルドそのもの、私の言うことになど
耳も傾けない娘、塩味の
細身を浅黒い肌に包んだ
焔、スペイン人のようで、ドイツ人のようで、
片方の目は緑、もう一方は青、魅力の
腫れが腫れ上がり、彫刻そのもの、
正確な鼻、大きな
口は淫らに塗られ、ダンサーの美脚、メリーゴーランドに
消える姿、危険な危険そのもの。

どれほど話しても黙っても、控え目な娘よ、
そんなことを君に言ったりはしない、決して言ったりはしない、軽々しい娘よ、
どれほど挑発の砂地を二人で駆け回っても。
誰が
湾の向こうに、
見えるのか、危険な跳躍、最も高い岩のざらつきから
誰がレブ河口の深淵へ最も自由に飛べるのか、声の嗄れた
河が母なる海を切り裂く地点、そこで川は
鼓動の奥底まで海を揺らす。それでも君には何も言わない。

空高く飛ぶカモメの甲高いアーチを堂々とここで眺めている
ほうがいい、泡で垂直に切り落とされた
荒野の先から。他の者たちは
風通しのいいあの濁りに飽きてしまえばいい。太陽、
海、お前の涙。他の男、誰かが

お前の内側にキスする、なるように
なればいい。

堂々と
この大風の夏の日々を閉じよう、閉会しよう。レブは
神秘を切り裂いて内側を見せる
ナイフのような河。

レブ、1936年

バルパライソ

君は突如焔と声とともに現れ、
君は白く柔らかく、そこから僕を見つめている、
君を遠ざけておきたい、君はそこから僕を見つめている、
僕たちに罪はない、赤い潮が
君の唇で僕にキスし、季節は冬、そして僕は
君と港にいる、そしてもう夜だ。

鏡付きベッド

あの官僚はこの鏡付き、二面の鏡付きベッドであらゆることをした。
セックスもすれば、不遜にも自分が
不死身だと考えることもあり、ここに横たわって足元に自分の顔を見ることもあった、
下の鏡が目に見える顔を映し出し、
それで二つの光を巡るテーゼを思いついた。上の鏡、
対する下の鏡、ほとんど宙に横たわって
偉大なる木の飛翔を編み出した。

日々の喧騒も役人の乾いた埃も
権力の魔物には勝てなかった。
肉の漢字、異なる針金の蝶、夥しい数の
天女たちが、二メートルという至近距離に置かれて、両側から閉じた
二面の淫乱と夢遊の鏡に挟まれて
その焔に焼け落ちた。

互いに縛りつけ合う二面の鏡は、互いに自分こそ一番だと言わせようとしている。
陰も陽も、精子と呼吸の交錯も、
彼を典礼から引き出すことはできなかった、不動の発作に
場面転換が早すぎた。黒い船が
油とワニスの帆の上を輝かしく滑り、
天使の気流が高みから深みへ流れ、
官僚の脳みそにとって、深みは高みと同じだという事実など
気にもとめなかった。陰でも陽でもない、そしてこれが起源で失われる。

北京、１９７１年

第五部　謎

稲妻

事実上すべては思索と射精で
できている、自由
そこで燃えるバラ、その
花びらの無自体、
誰の記憶か、大気の
本、かつて聴いた
この音楽、他者の種を植えつけた
ダビデの精子、ジャズのように
他者が別の他者の種を植えつける、クラリネットの
長い輝きがダイヤモンド、九
誕生の数字、月々の向こうに
不可能とファラオが広がる、他者
別の他者、
円環の

遠吠え

シリンダーのなかを飛ぶこの古い映画、
撮影によるエクスタシー
エッセネ派たちの機械は
迷宮の底まで
辿り着く、美しい
星の血に塗られた星の
軌道を何度も
手探りしながら、そのメカニズムは
確かに恣意的、犠牲も
同時的でバラバラ、脳が
運命に勝てると仮定しての話ではあるが。
運命の渡渉を
死者たちが助け、死者たちは
対岸がなくなるまで

何レグアもの水を渡って生きている、カモメが
南へ飛んでいく、今年の夏は
南で雨が降ったのだろう、ここ数か月
嵐が続いている。

ペドロ・ラストラに

他者

私が踊るのは私の無聊。
　　　　　　　　　　　心の
引っ張り、それだけで
光へ入るには十分。
　　　　　　　　　発生とは
大きなヘリオトロープの許しを得て
星に小便することではない、
ランボーの言うとおり。
　　　　　　　　すべてはここで始まる、
それが一部分。
　　　　呼吸を
血で購う。

罪人

暇な時間を利用して、壁の
模様を読み解く、挫折した絵のビジョン。
見る口、噛む鼻、漆喰の下の
生々しい感覚、開いたままの傷跡。

大きな傷とともに
上から下へ引き裂かれた激情とともに
壁にプリントされた自分自身の姿だろうか？
私の皺、私の外皮。

蜘蛛が出入りする
その穴が自分の唇に見える。
たった一つの墓穴に
集められた自分の大きな欠点がすべて見える。

そこに私の過ちがある。香りのない嗅覚、
空っぽの目、何も聞こえない耳。
生まれてこなければ、罪などなかったのに、
壁に自分の姿など見えなかったはずなのに。

私とは、死衣に包まれて、数メートルの木とスタッコに
礫にされた男なのだろうか？
騒々しい記号の下で死んでいるのに、
なぜ自分の姿が見えるのだろう？

おお、フォルムの自由な動き
色と味の錯綜した関係に
封じ込められた生々しい怪物、神秘に
言葉を与えるために切り落とされた舌！

洞窟、虫に食われた思想、
人の廃墟を映すみすぼらしい鏡。
空の三位一体。ここに悪癖、
憎しみ、誇り。

この世の染みを読み解いたせいで
パンと水の刑を言い渡され、
母から塵へ駆けてゆく男を見つめる、
それはあたかも、庭、霊園、すべてを沈め、
生も死も一緒に押し流す川、
熱い食事の反吐でできた川

始まりと終わり

事物のなかで自分の扉を開けるとき、
誰が私の血を、私のものを、現実を奪うのだ?
息をするとき、誰が私を
虚空へ突き落すのだ?　誰が
私の内側で死刑執行人になるのだ?

おお、時間よ。様々な顔。
お前のせいで幾つにもなった顔。
音楽の起源より飛び出よ。私の涙から
飛び出よ。笑顔の仮面を取れ。
私を待ってから自分にキスせよ、痙攣的美しさよ。
海の扉で私を待て。私が
永遠に愛する者のなかで私を待て。

数字の光

1

ダイヤモンドを使って我らは世界に名前をつける、
葡萄の房、その一つひとつ、起源の数字を
吹きながら世界に口づけする、
　　　　　　　　　　　偶然などない
あるのは航海と数、文字と
数字、事物と数の深淵に張られた
網。

2

　　　　　　盲いた仕事を
我らは眠れぬまま歩く、静かに注意深く、この

綱で誇りは輝かない、我らは歌声を上げない、我ら
は何の卜占官でもない、鳥の
内臓を取り出して未来を占ったりはしない、泣くなど
愚かなこと。

3

さまよえる者はみすぼらしい、それが我らの音節。時間、魅力
ではない、繰り返しではない
繰り返しが、その鏡の
上を
回り回り、靄
の優雅ではない、自殺ではない
時間、
星の忍耐、時間、もっと時間
我ら

はここの出身ではないが、それでも存在する。
　　　　　　　　　　　空気と時間が
言う、聖者、聖者、聖者。

絶対を追い払うためのロック

だが私は中毒になる、私の
分身たる誰か——存在はしない——が、
雑踏と喧騒との間から、自分の名前と
ニューヨークの星との間から、
光の触覚と嗅覚との間から、現れるのは
理解できるけれど、それでも私は
空気のようなセメントの中毒になる、ガラスと
アルミのスフィンクスが、蛇のように
そこにうち捨てられてロックが始まる、これこそ
オイデプスのロック、仕事の王、神々の
郵便配達夫、バラバラに刻まれた
足、通り
また通り、数字
また数字、呼吸の消えた

骨のセーターを
上に羽織り、二つの耳、不均衡の
音楽らしい邪悪さ、鼻の
高さに見える神話、
それでも私は中毒になる
そしてすぐ神に向かって言う、止まれ、神よ、
お前の名前などどうでもいい、老子か
三位一体か、このすべて、
抽象的だろうがそうでなかろうが、
あらゆる摩天楼を
揉み消してくれ、そして我らが
遊びの眠りにつけるように、存在しない
誰か、いつかは死ぬ
年老いた稲妻、竜宮の
リュート。それでも私は中毒になる。

永遠

口に出して言う必要はないが、深く
傷ついた私の空っぽの魂は、
不幸に泣き暮れた
白バラに吹きつける黒風にしかなれない、
愛の笑い、女と男という
唇を壊す穴にしか
なれない。

互いに匂いを嗅ぎ合い、虎のように
じっと互いを待ち伏せながら、
地上の夜の泥沼で
楽園を誓い合って
幸福で強気になった彼らを見るのは辛い。

——慈悲心、星、

彼らの瞼からでは別のゲームの
太陽の向こうは見えない、この死すべき者たちの
いつに、どこに慈悲心を感じるのか、この不吉な
泡の皮膚か、慈悲心、渦の法則。

呪文

1

血を流す馬の魂は、嘶きと車のギャロップの
間から聞こえてくる何か、危険な板を並べた
橋を越える。水、水、
不吉な水、
誰のものでもない水、存在しない
境界の高みで三人の女、下では
川が私に呼びかける、レブ、レブ
私の死の死者。
　　　　　　子供、私の子供

それでこれは
車輪の、母よ、ありふれた
通りの、あやふやな速度に置き去りにされた

私なのか？

2

問いは別のこと、別の緑の問いは
木について、空っぽで
大きな音を立てる下水ではない、毒を帯びた
肺の煙、問いはいつ、
拡張する静脈、差し迫るいつ
いつ、私の血を
流す栗毛馬、音から
限界から
時間から剥がれる。
　　　　　　　いつ、
柔らかい骨、いつ、父なる
鉱山労働者のきれいな

汗の石炭？
　　　貧しい香りの
花びら、いつ？

3

大きな犠牲のための不吉な信号、そのまばたきという
儀式、血のように
液体で考え、
僅かばかりのことを
赤く考える、仕事から仕事へ、油から
別の焦げた油へ、即座に
扉が開き、
　　　遠くに
ジャスミンの香りを感じる

4

鉄条網が海岸の遠吠えを嗅ぎ付け、遠くの
耳、ちぎれた耳、そんなものが聞こえる、
　　　　　　　　　　　　　　　　　　　　汚れた
雪が啜り泣き、それが透明な祖国に
見出すもの、ウイドブロ王の
大天国の青い鳥に、頂上や波のような
自由に張りつめたチターに見出すもの。神が
かつては我々の間に住んでいた。
　　　　　　　　　　　　　　　　それが喪失、
空気とはバルパライソの上に流れる涙。

5

血を流す馬の魂、その一つが私

予言者、その私は誰でもない。
今夜このクレーターから
気狂いのように独り言を繰り出す私が
ガラスに逆らって発するのは別の質問、
　　　　　　　　　　　　　その問いは誰かに来てもらうため
誰、仮に誰か来るのなら、
　　　　　　　　　　　変われるものなら変わってほしい、そうすれば
風も……

6
空腹は墓穴、呼吸すら
空腹、愛すら
空腹
　　人は
いつ、どこで生まれてもおかしくはない、素早い

緑十字の背中で生まれても不思議ではない、そして問う。

7

空腹から人は問う、帰還へ
帰還するために。どこへ？
　　　　　　　　君の機体で
飛ばす地球。どこへ？
喪失と移動、盲いた蛇、火の
娘。どこへ？

8

行き来するうちに人はすべてから離れる、
空腹の思想からも離れる、
有刺鉄線の向こうで、沈黙が

音楽から離れていくように、自分の運命にはもう耐えられない。
ナイフからナイフが離れていくように、

9

書く、彼とともに書く、目に見えないものが書く、神々が
告げることを書く
爆発しそうになりながら書く、美。
嵐のなかの
永遠の形。

ドミンゴ・ミリアーニに

節回し

男はこのために世界へやってきた、きらめく
塵のように、物の唸りのなかで
光と情熱の間を進む
蛇と戦うため、狂気の
骨に内側からキスするため、嵐の
シーツに愛、もっと愛を
注ぎ込むため、存在し続ける稲妻の
交尾を書きとめるため、危険な
呼吸の遊びを続けるため。

男はこのために世界へやってきた、このために女は
男の脇腹から生まれた。利子つきのこの服、
この淫乱の肌を纏うため、千年紀の星雲の
数十年に収まる短い日々に、

この輝かしい芳香を食するため、常に
マスクを着けるため、救いの箱舟や
歴史の法則に従って正義の数字に
登録するため。
このために男はやってきた。

切られ、打ち捨てられるまで、このためにやってきた、ナイフを
持った魚のように産卵するまで、爆発もなく生まれることもなかった者が、
石のように卑屈に
自らの原子に戻るまで、

そして落ち、
九か月落ち続け、今度は
一気に駆け上り、老いの毛虫から
新たな蝶へと
辿り着く。

霧の肖像

この気紛れな霧ほど
自分の飛翔を誇る風はない、
今海辺の岩を閉ざし、
押し込められた涙の鼓動を聞かせようとする。

おお、喉よ、滴る星に自らを解き放て。
骨もろともお前の鍵を走らせよ、
岩肌を伝って、
塩にまみれた太陽が真昼の海辺を転がるように、
泡に研がれた嗚咽の糸が現れるように。

霧よ、空っぽの視界に羽を休ませよ、
死という翼が
嵐を切り開くまで。

夢遊病者のように、目のない羊に牧草を与えよ。
猫のように、本質と存在を貪れ。
おお、高潮に横たわる白い疫病よ。

おお、自殺の霊よ、お前のけだるい
神を愛さぬ者がいるか、お前を見て、その起源を見ない者がいるか？
いつも変わらぬ霧よ、私は自分のあるがまま、
そして岩で眠ることを強いられた石炭のようなもの。

灰色の光の歴史に編み上げられた
海の白い蜘蛛の巣の下で
啓示の亡霊が私の目を覚ます。
私の舌の下で
呼吸を妨げる棘。

断章

1

脳から精子が落ちる、液体の脳、
生きた莢、 et Verbum caro
Factum esto.
　　　　　豹が
アマポーラのなかで思考を眠らせる。
　　　　　　　　誰が
霧のなかで私を呼んでいるのだ？

2

私と一緒に行く体、私の
皮膚の皮膚、私の骨の骨、ここに

やってきたその狂気、母から
絞首台へ、
　　　ただ絶対だけが
豹よりも強い、

3

爪の一撃、リズム、
　　　　　　　他に
比肩しうる美はない。
　　　　　　　　キスする美も、
地上の針で
急いでなんとかキスする美も、
　　　　　　　　　　空の
荘厳もその深淵も、光と
エクスタシーの間で

生まれたままの姿で
裸になるよう促してくるほど
滑らかに香しい
今日の夜も。生まれたとおりに我らは去っていく。

4

人は死ぬとき何から横になるのか、どんな有害な
鼓動から横になるのか、枕と耳の
どこにこめかみを入れるのか、
誰の耳なのか、陰鬱な流れの
どれを泳ぐのか、泥沼か
母のない空白か、種の
棘のどれから眠るのか？

5

私を奪い去るこの神の内側に自分を創造する、盲いた声の
霧に包まれる、蛇のように密かな
本の間で体を伸ばす、
　　　　　　　　どれほど
罠にかかっていればいいのか？
　　　　　　　　　　　　雄弁に語っておくれ、
だが私の口から出るのは問い、問い。

6

すでに五十七、糸を紡ぎに紡ぎ、心臓の
空白に逆らって唸り声が唸りに唸る。
　　　　　　　　　　　　　　　　一瞬のうちに
我らは生まれては生まれるのをやめる、ガラス越しに
眺める。

人は
自分が他人なのか知らない、外へ出ればすべてが始まるのか知らない、

7
塵から
塵へ
恐怖から
恐怖へ、
影から

8
無へ
空の高みから
精子とともに我らは落ち、表面に

肉体を得る、乙女なる母の
柔らかさを断ち切られ、涙に吹き晒しにされて
干上がってしまう、昇れ、昇らねばならない、
存在するためには。
　　　　　　　　迷うこと、
　　　　　　　　　　失うこと
空気を、命を、仮面を、火を。
　　　　　　　　　　　　地球の
スピード
と
ともに
独りに
なっていくこと。

9

最後に岩で眠り、それでも豹のようにアマポーラのなかで
寝ずの番、
　　　　ここのあそこ、
　　　　　　　　　　自分であり別人であること
海のように、謎を生きる。

空気の踊りを見ながら

老子は気狂い、
動いているという意味か？

動いているとは、
遠くへ行くということか？

遠くへ行くというのは、
戻ってくるということか？

はかなさ、
じっとしたイマーゴ。すべては儚い。

異端

星の宣告によれば、これは今日の話でも
昨日の話でもないが、とにかく人間をこれほどの
不公平から救わねばならない、そして、異端審問をなくして、
自由な空を襲撃して、人間を偉大にしてやらねば
ならないという、だが哀れな
人間は、孤独とともに
生まれ、死に、慈悲心も
斧もない森のなかで、自然の
狂気とともに生まれては死ぬばかり。

熱狂者の独白

私の血管を流れるのは無益な動物の騒がしい血、
豚のように一日四度食事し、
生意気な口を利き、偉そうな
言葉で私を滅入らせる動物、それが
雲のように生まれてすぐ死ぬ
私の一部を明るみに出す、
柔らかいもの、混乱したもの、いつも危険の
外にあるもの、飾り、魔法。

飲みはすまい。危険な光以外の
肉は食べまい。
火の口以外の口を齧るまい。
死ぬ時までこの体から出まい。

昼夜起きているため以外に
呼吸はすまい。

私の内に竪琴があれば

お前を名づけよう、現実よ、
するとお前の名において、創世記の
深淵の奥底が甦る、
私の乾いた唇の表面から
鳥が甦るように。

人となった日曜日ファン・デ・ジェペスの夢を見た

蝶の夢は瞼、
深淵の夢は
輝き、監獄の厚板の上に
寝そべったファンの夢は神の
オーラと飢えた音節、
　　　　　　　　　　魔法と
皮を剥ぐこと、
　　　　　　　　　音楽と
六時頃の
棘、
　　　　一つになった人間と
皮膚、空っぽの
意味。

そこからわかるのは、あらゆるファンはファンであり、
あらゆる脳は殉教であり、
あらゆる障害は百合の花びら、
荒野が宿り、
　　　　　　　　喪失の
嗅覚、空っぽの意味。

そんな空気が賛歌を奏で、そんな空気だけが
愚弄に逆らって、
剥き出しの
賛歌を奏でる、星が
音もなく
自分から油を差して、
　　　　　　　　高く上る、
空っぽの意味。

今ファンはいない、せいぜい人は通り過ぎ、
通り過ぎては、白い
欲を眠り、悲しみを
眠る、その怨念の
形

　　　　　　　　　　ファンが
いない、
突如一人、二人と現れて
そこから三メートルのところを飛んでも、ファンはいない、崖の
風に現れた男、音も
なく、空っぽの
意味。

メキシコへは着かず、空気の
歴史に従って、自分に翼を授け、
エクタシー以外のエンジンもなく、

ドーリアの命を受けて来ることができたかもしれないのに、我らは
火山について話してもよかったのに、
音もなく、空っぽの意味。

倦怠の本質

理性のパンも狂気のパンも、
固体の思考も液体の思考も
退屈に曇った
頭ほど人間について理解はできない。

それは、星雲のように内側に保管された
悲しみ、喉を詰まらせるガスのように、
死の白い細菌に巣食われた悲しみ全体から
湧き出る蒸気。

逆衝動

公式が、あらゆる思想の
死骸が、幻が、汗が、
唾液が、保管されるのは明らか、
他方、種の爆発を恐れて、
精子は泥沼へ捨てられる。
これが、死の太陽に砕かれた思想の
不吉な神話。

だから神に存在意義などないことは明らか、
宙をさまよいながら、
生、死、結婚、葬式
革命、戦争、境界、独裁
地獄、奴隷、幸福の渦を巻き上げる
怒りの思想のようなもの。すべては

その音楽と記号に表現されている。

だから私は沈みゆく、
中心を失った者の姿勢で、
膝に頭をもたせかけて、
何千にのぼる母の
お腹に帰る子供のような姿で、
あの森で最初の根を探しながら、
蛇や鳥の怪物に噛まれながら、
本能の荒海を泳ぎながら、
体を折り曲げて自分の姿を見る毛虫の
ように自分の姿を探しながら。

詩人占い

左手を開いて親指を外へ伸ばせ、すべては
ナイフで書かれている。その網に
放埓と厳格、不動の日々と
混乱の日々。三のうち
一の正体、わかるか？　壊れた
星のような長い幼年期。旅行、なぜそれほど
旅行ばかりするのだ。あの夜マドリードで起こった
事故。名誉、多くの名誉、
舵の打撃。血を流すほどの
大きな罰、何という血の流れ方。ジュピターの庇護に
またもや変化、いつもジュピター。遠く
二人の息子に及ぶ成長。ここに流出あり、
狂人の、脳の手を広げよ。

目の奥

離別にはそれなりの重力が伴う、恐ろしい
誇示のなかで燃え盛り、反対側から
水銀の意外な
意味を書いても十分ではない
光は別物、
　　一人の
男
かつてはその破格構文で
宙を舞っていた、
　　視界は
視覚にある、来たるべき
　　　　出産など
何もない

泡立つ
この岸辺、
音楽とともに血を流す
娘たち、月々の
崖に開いた青い庇、傷ついた
母が網の間を昇り、そして

時間やダイヤモンドのことなど誰も知らない、
覚えておけ、お前は塵、そして
美しいこの空が降ってくる、
　　　　　　　　鳩たちが
謎をさまよう男に
倒錯した贅沢を与える。

第六部　人相書き

永遠の火に

詩人とは強情に成長を続ける子供たち。
誰か、
アンギータ、
カセレス、
シッド、
他には?

発展
とは
現実の
動脈

たった
一つの

手
の
たくさん
ある
少数の
指！

だから
ニカノールは
言う、
理性の
弦すべてを
ギターで
一度に
奏でねばならない、と。

そして
リンも
話し、ハン、
ミジャン、トゥルケルトー
　　　　　　　スリータ、
　　　　　　　　どこ
どこを通って
他の者たちは
来るのだ？

大急ぎでオクタビオ・パスに

77は別の言葉を生み出す
数字、命を賭けた
儚い
　　　回転に
　　　　　空中でオクタビオに
学ぶことはまだ多い、まだまだ
いくらでも自由なセイバの木になれる、亡命の
嵐のなかでもセイバになれるのだから、
すべては数字を生み出す源
氷河と熱帯、ダイヤモンドの
大河を備えたこの血の
アメリカ、盲いたメキシコの
雲の向こうに君の名前を書く以外の
インクはない、表現の仕方もわからない

もう一つのメキシコ、夜明けの
格式ばった大動脈が、肉づきのいい詩のスミレのリズムを
開けるとき、我らはそのメキシコとなる、堂々と自己犠牲へと行進する銅の少女たち、
屠殺場へ裸で行進する少女たち、生まれる前の我らのために、
乙女を高く掲げ、コンドルの高みを目指す、
我らの遊び場から、一ページ、また一ページと
いつもの予言遊びと星の無限の否定に言葉が
落ち続け、例えば君の名は
ブレークのように77エンジェル、私の名は
77種の空飛ぶ豹、というのも、空気が
思考の空気に戻るのは当然、死で死ぬのは
やめておこう、これがオクタビオ原則、
別の原則、また別物、それに我らは
そのためにここへ来たのではない。

怠け者

もちろん私は怠け者、だから何だ、この日替わり
アンダーウッドの上に居座る多指動物、数学と
音楽の間で背を折って、底の抜けた靴で
足を汚して歩く骨時計から
ちょっと目を離したすきに有無を言わさず
経過した十七年、その歳月の
内側で唸りに唸る、

　　　　　　　そう、もちろん、
そう、いや、ちがう、私はイタケーの王に
などならないし、私を能無し扱いする者たちから
名前を付けられたりもしない、
この血なまぐさい物臭な線でできた十三番目の
ガラスをすりぬける天使のように
帰還に帰還したりはしない。

十年ごと私は戻ってくる

十年ごと私は戻ってくる。私の根、
私の少年時代を離れて、最も遠い星まで
飛んでいく。私は空気より出でて、
地上のあらゆる美とともに空気へ入る。
火へ、ワインへ、輝かしい
娘たちへ。私はまばゆい
通りで歓喜の口笛を吹く男、
王子そのもの、囚人そのもの。

私は燃え盛る十年の王冠をかぶり、
――私の暗い頭の焔で
すでに乾ききった十本のバラ――その茶番を
観衆が笑う、そして私も優しく笑う、

これが私の幸せ、太陽のように、私のただひとりの王のように、
私の父のように、身を焼き尽くす。

遺言の中身

父へ、当然ながら、コキンボからレブまでの海すべて、
母へ、地球の自転、
アブラアム・ピサロの喘息へ、理解しがたいかもしれないが、蒸気機関車、
ドン・エクトルへ、メイという盗まれた姓、
彼の妻デボラへ、バラの三番目の日、
私の五人の姉妹へ、星の復活、
現れないバジェホへ、一人分の食事だけ準備されたテーブル、
弟ハシントへ、最高のコンサート、
私が行ったこともないトレオン・デ・レネガードへ、神、
私の少年時代へ、あの赤い子馬、
思春期へ、深淵、
フアン・ロハスへ、聖人のような忍耐力で渦から釣り上げた魚、
蝶たちへ、南のカラマツ林、
イルダへ、狂った愛《ラムー・フー》、そして彼女はそこで眠っている、

長男ロドリゴ・トマスへ、金色に輝く勇気の数字と光、
コンセプシオンへ、壊れた鏡、
息子ゴンサロへ、私の頭を越す詩の高い跳躍、
カタリーナとバレンティーナへ、美しい結婚式、私も呼ばれたいものだ、
バルパライソへ、その涙、
十二歳のアロンソへ、二十一世紀最新型の飛ぶ車、
人口五百万のサンティアゴへ、いまだに存在しない神話体系、
七十三年へ、糞、
黙ってどうやら授けるだけの者へ、国民文学賞、
亡命へ、汚れた靴と銃弾を浴びた服、
新たな血で汚れた雪へ、別のニュルンベルク、
行方不明者たちへ、苦痛を生き抜き、歌を口ずさみながら死んだ人間の偉大さ、
チョスエンコ湖へ、その水を湛えた紫のグラス、
同時に三百人の女性たちへ、危険、
巫女たちへ、その細身の体、
ニューヨーク市42番街へ、楽園、

ウォール・ストリートへ、一ドル五十セント、
ここ数日の激動へ、無、
私の眠りを妨げる犬を飼う隣人たちへ、無、
私がヘラクレイトスのいろはを教えたエル・オリートの二百人の鉱山労働者たちへ、魔法、
アポリネールへ、ウイドブロが残した無限性の鍵、
シュルレアリスムへ、それ自体、
ブニュエルへ、丸暗記していた王の役、
混沌とした数列へ、倦怠、
死へ、大きな真鍮の十字架。

すべては傷——ゴンサロ・ロハスの詩について

グレゴリー・サンブラーノ

あなたにはお伝えしよう、近頃ではすべてが傷なのだ。娘は
傷、その美の
香りも傷、大きな黒鳥も、呻き声を上げ、
輝く鏡の光に織り込まれた現実と非現実、その接近も
傷、七、三、すべて、ダンス・ステップの数は
どれも傷、

（ゴンサロ・ロハス「暇な読者」）

目を光らせる言葉

二十世紀におけるラテンアメリカの新しい詩について論じるためには、一九三〇年代の重要性を頭に入れておく必要がある。シュルレアリスムを中心とするヨーロッパのアヴァンギャルドと、スペイン内戦勃発に伴う世界情勢が、著名詩人たちのキャリアに大きな影響をおよぼしたからだ。すでにチリでは、ビセンテ・ウイドブロの提起した創造主義に、奇人パブロ・デ・ロッカや、風景を操る旅人パブロ・ネルーダが続き、「反詩的探究」を打ち出すニカノール・パラや、「統合言語」を掲げるエン

リケ・リンも活動を始めるなど、役者は揃っていた。新しい言語形態への渇望が燃え盛る当時の文壇にあって、彼らは、土着的なものに深く根差しつつ、詩的表現への潜在的可能性を秘めた自国の風景を新たな目で見つめ始めた。

ゴンサロ・ロハスの作品は、こうした流れを受けて発生した「一九三八年世代」に位置づけられる。ロハスは、一九一六年一二月二〇日、レブ——マプーチェ語で「深い濁流」の意味——という、南太平洋沿岸に位置する漁業と炭坑の町に生まれた。八人兄妹の七番目であり、四歳にして父を亡くした彼は、母に連れられて家族とともにコンセプシオンへ移り住み、同市の「寄宿奨学生」として初等教育を受けることになった。そして、この地で図書館という魔法の世界を発見する。後に彼自身が回想しているとおり、どもりがちな話し方で、まだ読み書きも覚束ない状態にありながら、ロハス少年は「稲妻」という言葉の響きに強く心を打たれ、それが、「崩れ落ちる空一面に広がる美しい花火より」大きな力を秘めていることを直感した。青春時代にさしかかると彼は、アラウコ湾の景色を恍惚として見つめ、波や雨、風の音に耳を傾けながら、畏怖の念とともにその細部を脳裏に焼きつけていった。

美しい牧歌的風景と太平洋に広がる無限の地平線に恵まれたチリは、詩の分野において斬新で奥深い芸術作品を多数生み出し、二十世紀に二人のノーベル賞詩人——ガブリエラ・ミストラル、パブロ・ネルーダ——を輩出している。若くからゴンサロ・ロハスも、独自の感受性で目前の現実を表現すべく、大胆な詩の形式的刷新に着手する必要を感じていた。一九四六年にチリ作家協会賞を受賞し、二年後に発表されることになる詩集『人間の惨めさ』は、その最初の試みであり、一部の熱狂的称賛を除いて、慎重な、時に否定的な評価を受けるにとどまったものの、この作品は彼が本格的に詩作へと乗り出す重要な第一歩だった。

ロハスにとって創作の源泉は物事を変質させる衝動にあるが、それは常に、目の前の現実に引っ張られて美的側面を犠牲にしたり、詩を小さな枠組みに閉じ込めて自己陶酔に浸ったりといったことを許さない道徳観を伴っている。詩人は言葉のさらに向こうを追い求めることで現実を変える、この信念に支えられて彼は俗世間へ繰り出す。チリ北部のアタカマでは、貧窮生活のなかで鉱山労働者と仕事をともにし、言葉だけにとどまらない行動の世界に賭ける情熱を新たにするが、といって、詩人としての独自性の追求をやめるわけではなく、いつも彼は魔術的視点から身の回りの現実世界に鋭い目を向けていた。

こうした彼の活動には、詩人グループ「マンドラゴラ」（テオフィロ・シッド、エンリケ・ゴメス・コレア、ブラウリオ・アレナスが一九三八年に結成）を中心に活動していた友人たちの導きで接触したシュルレアリスムと通じる部分もあると言えるだろう。既成の文学を打ち破ろうとしていた当時のチリ詩人たちにとって、アンドレ・ブルトンは精神的支柱であり、彼の美的発見は創作への大きな刺激となっていた。だが、ロハスは根柢のところで彼らと一線を画し、独自の立場から言葉と詩作への探求を続けることで、詩と人生を分かちがたい一つの営為に統合していった。

日々の根源的探究としての詩

ゴンサロ・ロハスの詩作テーマは、愛、エレジー、言葉自体やその使い方をめぐる思索、ユーモア、風刺、政治、時事問題など多岐にわたる。彼は鋭敏な感覚で社会を見つめて日常的出来事を掘り下げ、洞察力に支えられた声で細部まで念入りに詩文を作り上げていく。同時代から伝統へ、急から緩へ、様々な歴史的・神話的時間を組み合わせることでロハスは言葉の地平線を打ち破り、同時に地理的境界も打ち破っていく。彼の心に強い印象を刻みつけた世界各地の景色が、常にぬかりなく目を光らせた詩人の内側で一つになり、普遍的価値を持つ詩が出来上がっていく。ロハスの詩文は様々な道を辿って一点へと集まり、その美しい音の響きとリズムに導かれる読者は、交錯する様々なイメージを通して、芸術家の内側に宿る疑念と希望に触れる。その活力に満ちた詩は、力強い想像力と深い思索を糧に、連通管のように響き合うコードを生み出し、新鮮な驚きを与える。時代を追って彼の詩集を読んでいけば、同じモチーフが何度も変奏され、その都度新たな意味を纏って刷新されていく様子がよくわかる。

一瞬の開示

イメージの問いかけを受けてロハスの詩は常に書き直され、詩文に結実する生の歩みに威厳を添える。詩が日々の本質を追い求め、記憶に残る生体験に言葉を与える。流れゆく時のなかで、言葉と結びついた生体験がイメージとなって浮かび上がる。そして、「空気、新しい空気／吸い込む空気ではなく／体に取り込む空気」という詩文のとおり、自由を求めて空へ飛び立っていく。

彼の詩に現れる多様なテーマは、固定されたリストではなく、たえず変奏されて意味を新たにする。過去が現在に取り込まれるにつれて、無時間的な体験や感情が生じてくる。ロハスにとって詩とは一瞬の開示であり、まさに稲妻のような一瞬の閃光によって切り取られた現実世界の断片が、まず彼の鋭い感受性によってとらえられ、それが詩的言語として結実する。一瞬の輝きとその再現、これがロハスの詩の本質なのだ。

ロハスは、宗教的瞑想とは別の次元で聖なるものの神秘を探求している。彼にとって「神聖」とは、自らの存在意義について問いかけ始めた人間が直面する謎、その総体にほかならない。同時にロハスは、沈黙という神秘にも問いを向ける。沈黙は闇と結びつく。言葉はその闇に光と音を与え、そこに詩が出来上がる。このプロセスを端的に表現したのがこのアンソロジーにも収録された詩「沈黙へ」だろう。

他方、ロハスの詩作でしばしば高い評価を受けるテーマの一つに「愛」があるが、彼の詩に現れるエロティシズムは、単なる欲望と肉体の結びつきにはとどまらず、感受性のすべてを巻き込んだ言語表現となる。言葉によってエロスがイメージとなり、愛情や肉欲を越えて、神秘的感覚に根差した官能の領域へ踏み込んでいく。その意味で彼の詩は、言葉に内包された神秘そのものを暴き出すと言っても過言ではあるまい。

歴史的瞬間の向こう側――叙事詩と日常生活の狭間で

言葉の芸術たる詩を含め、芸術活動に通底する動因の一つは歴史的時間の向こう側へ到達する意志だと言えるのではないだろうか。目覚めの瞬間には叙事詩的瞬間を感じることができても、一日が終わってみれば凡庸な日常生活しか残っていない、そんな日々の繰り返しに打ちのめされる人間に、詩作は救いの場を与えてくれる。芸術は生の隠れた部分を明るみに出すものであり、隠れた悪を暴き出すこともあれば、普段は感じられない恍惚感を表現することもある。ゴンサロ・ロハスの詩が、時に不透明に、時に靄に包まれたように見えるのも、生のあらゆる側面を残らず取り込もうとするためだ。時にロハスは、尖鋭な社会的意識とともに、社会的弱者や犠牲者の側にも立つ。若い頃から故郷の炭坑で労働者向けの識字活動に従事し、ヘラクレイトスを読み聞かせていた彼には、彼らの置かれた状況がよくわかっていた。そしてロハスは、憎念や復讐心に囚われることも、原理主義に陥ることもなく、彼らの視点を体現し、彼らの内面に声を与える。その意味で彼の詩には、人間の尊厳を回復し、それを妨げる権力を糾弾する力が漲っていると言えるだろう。

また、詩の表現力そのものにも探究の目を向けるロハスは、リズムや響きといった、言葉が持つ「音」としての側面にも思索を巡らせる。口語表現を多用するわけではないが、彼の作り上げる言葉の象徴体系の網には、平易な話し言葉と練り上げられた知的語彙が巧みに編み込まれている。自由、生と死、美、真実といった根源的テーマをめぐって、ロハスが生涯をかけて作り上げてきたイメージとメタファーの数々を読者には十分味わってもらいたい。

ここに準備したアンソロジーは、ロハスの詩において繰り返し変奏されるテーマを通してその作品世界に接近することを第一の目的としている。出版年代に沿う形ではなく、いくつかのテーマ軸に沿う形で詩を並べたのはそのためである。

詩人ロハスの歩み

波乱に富むゴンサロ・ロハスの生涯には、困窮生活や亡命、苦悩や恐怖の日々もあれば、旅立ちも多く、また様々な文学賞の受賞にも事欠かなかった。歳とともに作品を積み上げていくにしたがって彼の影響力は増大し、その名声はチリのみならず多くの国に及んだ。バルパライソで一九四八年に出版された処女詩集『人間の惨めさ』以来、『死に逆らって』（サンティアゴ、一九六四年）、『闇』（カラカス、一九七七年）、『稲妻』（メキシコ、一九八一年）、『遺言の題材』（マドリード、一九八八年）、『空気のアンソロジー』（メキシコ、一九九一年）などの詩集を発表しており、すでにこれまで様々なアンソロジーがスペイン語圏各地で編集されているほか、二〇一三年にはメキシコのフォンド・デ・クルトゥーラ・エコノミカ社から全詩集が出版された。また、コンセプシオンで教職を務めた後、サルバドール・アジェンデの率いる人民連合政権下では、中国やキューバで外交職を歴任した。ピノチェトのクーデターにより帰国の道が絶たれると、亡命者として再び教職に復帰し、旧東ドイツのロストック大学、ベネズエラのシモン・ボリバル大学、アメリカ合衆国のコロンビア大学、シカゴ大学、ピッツバーグ大学などで教鞭を執りながら詩作を続けた。また、ヨーロッパやアジア、アメリカ大陸各地への旅行経験も豊富である。主な受賞歴は、ソフィア王妃イベロアメリカ詩作賞（一九九二年）、チリ国民文学賞（一九九二年）、オクタビオ・パス賞（一九九八年）、セルバンテス賞（二〇〇三年）など。二〇一一年四月一一日、チリのサンティアゴで、九十四年にわたる実り多き人生の幕を閉じた。チリを筆頭に、スペイン語圏各地から現在もロハスへのオマージュが捧げられ続けている。

二〇一四年九月、東京にて

【編者紹介】

グレゴリー・サンブラーノ（Gregory Zambrano）

1963年、ベネズエラのメリダの生まれ。ベネズエラ・ロス・アンデス大学でイベロアメリカ文学修士号取得の後、メキシコのコレヒオ・デ・メヒコ大学院大学で文学博士号取得。
ロス・アンデス大学メリダ校人文学部教授、国際交流基金日本研究フェローなどを経て、現在東京大学教養学部准教授。主な著書に、*De historias, héroes yotras metáforas*（メキシコ、UNAM、2000）、*Cartografíasliterarias*（ベネズエラ・メリダ、ロス・アンデス大学、2008）などのラテンアメリカ文学研究書があるほか、安部公房のスペイン語訳に協力し、スペイン語で安部公房に関する研究書を執筆している。

【訳者紹介】

寺尾隆吉（てらお・りゅうきち）

1971年名古屋生まれ。東京大学大学院総合文化研究科博士課程修了（学術博士）。メキシコのコレヒオ・デ・メヒコ大学院大学、コロンビアのカロ・イ・クエルボ研究所とアンデス大学、ベネズエラのロス・アンデス大学メリダ校など6年間にわたって、ラテンアメリカ各地で文学研究に従事。政治過程と文学創作の関係が中心テーマ。現在、フェリス女学院大学国際交流学部教授。
主な著書に『フィクションと証言の間で——現代ラテンアメリカにおける政治・社会動乱と小説創作』（松籟社、2007）、『魔術的リアリズム——20世紀のラテンアメリカ小説』（水声社、2012）、主な訳書にエルネスト・サバト『作家とその亡霊たち』（現代企画室、2009）、オラシオ・カステジャーノス・モヤ『崩壊』（同、2009）、マリオ・バルガス・ジョサ『嘘から出たまこと』（同、2010）、フアン・ヘルマン『価値ある痛み』（同、2010）、フアン・カルロス・オネッティ『屍集めのフンタ』（同、2011）、カルロス・フエンテス『澄みわたる大地』（同、2012）、ギジェルモ・カブレラ・インファンテ『TTT　トラのトリオのトラウマトロジー』（同、2014）、ホセ・ドノソ『別荘』（同、2014年）がある。

【著者紹介】

ゴンサロ・ロハス Gonzalo Rojas（1916—2011）

1916年、チリの漁村レブに生まれ、コンセプシオンで初等教育を受ける。1937年、首都サンティアゴへ移り、チリ大学法学部に入学したが、文学書を読み耽る。法学研究を中絶し、教育研究所に入る。同時に、シュルレアリスムのグループに接触。首都での生活に嫌気がさし、北部のアタカマ砂漠地方で鉱山労働者に読み書きを教える日々を送ったりした。1947年にはバルパライソで教員となり、スペイン語や哲学を教える。48年に第1詩集『人間の惨めさ』を発表。50年代初頭からはその後18年間にわたって、幼少期を過ごしたコンセプシオンの教育環境の整備と、文学に関わる国際シンポジウムの開催に力を尽くした。サルバドール・アジェンデ政権下（1970—73）で中国やキューバで外交職をこなしたが、ピノチェトのクーデター後は、東ドイツ、ベネズエラ、アメリカ合衆国などで大学教員として亡命生活を送る。1990年、コンセプシオン大学名誉教授の称号を授与され、間もなくチリへ帰国、チジャンに居を定める。代表的詩集に『死に逆らって』（1964）、『闇』（1977）、『稲妻』（1981）、『遺言の題材』（1988）などがある。ソフィア王妃イベロアメリカ詩作賞（1992）、チリ国民文学賞（1992）、セルバンテス賞（2003）などを受賞している。2011年サンティアゴで没。

ゴンサロ・ロハス詩集（アンソロジー）

発　行　2015年4月25日初版第1刷
定　価　2,800円＋税
著　者　ゴンサロ・ロハス
編　者　グレゴリー・サンブラーノ
訳　者　寺尾隆吉
装　丁　本永惠子デザイン室
発行者　北川フラム
発行所　現代企画室
東京都渋谷区桜丘町15-8-204　Tel. 03-3461-5082 Fax 03-3461-5083
e-mail: gendai@jca.apc.org　http://www.jca.apc.org/gendai/
印刷所　中央精版印刷株式会社

ISBN978-4-7738-1509-2 C0098 Y2800E

セルバンテス賞コレクション

①作家とその亡霊たち　エルネスト・サバト著　寺尾隆吉訳　二五〇〇円

②嘘から出たまこと　マリオ・バルガス・ジョサ著　寺尾隆吉訳　二八〇〇円

③メモリアス——ある幻想小説家の、リアルな肖像　アドルフォ・ビオイ＝カサーレス著　大西　亮訳　二五〇〇円

④価値ある痛み　フアン・ヘルマン著　寺尾隆吉訳　二〇〇〇円

⑤屍集めのフンタ　フアン・カルロス・オネッティ著　寺尾隆吉訳　二八〇〇円

⑥仔羊の頭　フランシスコ・アヤラ著　松本健二／丸田千花子訳　二五〇〇円

⑦愛のパレード　セルヒオ・ピトル著　大西　亮訳　二八〇〇円

⑧ロリータ・クラブでラヴソング　フアン・マルセー著　稲本健二訳　二八〇〇円

⑨澄みわたる大地　カルロス・フエンテス著　寺尾隆吉訳　三二〇〇円

⑩北西の祭典　アナ・マリア・マトゥテ著　大西　亮訳　二二〇〇円

⑪アントニオ・ガモネダ詩集（アンソロジー）　アントニオ・ガモネダ著　稲本健二訳　二八〇〇円

⑫ペルソナ・ノン・グラータ　ホルヘ・エドワーズ著　松本健二訳　三二〇〇円

⑬TTT——トラのトリオのトラウマトロジー　ギジェルモ・カブレラ・インファンテ著　寺尾隆吉訳　三六〇〇円

⑭用水路の妖精たち　フランシスコ・ウンブラル著　坂田幸子訳　二六〇〇円

税抜表示　以下続刊（二〇一五年四月現在）